比较文学与世界文学 研究丛书

主编 曹顺庆

初编 第 6 册

英语世界易学研究论稿（下）

李伟荣 著

花木兰文化事业有限公司

国家图书馆出版品预行编目资料

英语世界易学研究论稿（下）／李伟荣 著 –– 初版 –– 新北市：
花木兰文化事业有限公司，2022〔民 111〕
目 4+148 面；19×26 公分
（比较文学与世界文学研究丛书 初编 第 6 册）
ISBN 978-986-518-712-5（精装）
1.CST：易经 2.CST：英语 3.CST：翻译 4.CST：研究考订
810.8   110022060

比较文学与世界文学研究丛书
初编 第六册   ISBN：978-986-518-712-5

英语世界易学研究论稿（下）

作　　者 李伟荣
主　　编 曹顺庆
企　　划 四川大学双一流学科暨比较文学研究基地
总 编 辑 杜洁祥
副总编辑 杨嘉乐
编辑主任 许郁翎
编　　辑 张雅淋、潘玟静、刘子瑄　美术编辑 陈逸婷
出　　版 花木兰文化事业有限公司
发 行 人 高小娟
联络地址 台湾 235 新北市中和区中安街七二号十三楼
　　　　 电话：02-2923-1455／传真：02-2923-1452
网　　址 http://www.huamulan.tw 信箱 service@huamulans.com
印　　刷 普罗文化出版广告事业
初　　版 2022 年 3 月
定　　价 初编 28 册（精装）台币 76,000 元   版权所有 请勿翻印

英语世界易学研究论稿（下）

李伟荣 著

目

次

第九章　闵福德与《易经》研究

引言

2014 年 10 月 30 日，由世界知名汉学家闵福德（John Minford，1946-）译就的《易经》由企鹅出版社旗下的维京出版社（Viking）出版，收入企鹅经典丛书（Penguin Classics）。该书于 2015 年 12 月又推出了豪华精装版（Penguin Classics Deluxe Edition）。由于译者与出版社均名闻全球，这一译本的出版很可能将在英语世界或西方再次掀起一股《易经》热。本章在评介汉学家闵福德的汉学成就及其翻译思想时，尝试引入新近出炉的《易经》译本进行微观评估与分析，希望以此引起国内外汉学专家及易学研究者的共同关注与探讨。

9.1　闵福德的主要汉学成就及翻译《易经》的缘起

作为著名的翻译家和汉学家，闵福德的主要成就是将包括中国典籍在内的中国文化绍介并翻译到英语世界，具体表现在如下四个方面：

9.1.1　典籍英译

闵福德曾翻译《红楼梦》后四十回（后两卷），前八十回（前三卷）由其业师暨岳父、国际著名汉学家霍克思教授翻译，收入企鹅经典丛书，共分五卷。该译本因为出版社的不同凡响和首译者霍克思教授的杰出汉学成就，为青年闵福德带来了极大的学术声誉。1999 年，闵福德应企鹅出版社邀请复译

《孙子兵法》，该书被列入《企鹅经典丛书》并于 2002 年出版。他还选译了《聊斋志异》中 481 则故事中的 104 则，书名沿用翟理斯（Herbert A. Giles）的英文译名 *Strange Tales from a Chinese Studio*。闵福德 1991 年开始翻译《聊斋志异》，历时 15 年，收入企鹅经典丛书，2006 年出版。据卢静介绍，该译本的中文对照本主要选择了张友鹤的《聊斋志异》会注会校会评本和朱其楷的全新注本《聊斋志异》，另外闵福德译本前有长篇的序言、译本后有《聊斋志异》译文、术语表、长达 63 页的注释以及对于研究《聊斋志异》的学者颇具价值的参考文献。[1]2014 年 10 月底，他在企鹅出版社出版《易经》（收入企鹅经典丛书），后来又接受了企鹅出版社的邀约翻译《道德经》，已于 2018 年出版[2]。

9.1.2 现代作品英译及译审

闵福德在现代作品方面译有金庸的武侠名著《鹿鼎记》（*The Deer and the Cauldron*）[3]，这一译本的第一、二、三卷分别于 1997 年、1999 年和 2002 年在牛津大学出版社出版；闵福德夫妇还审订了恩萧（Graham Earnshaw）费时 10 年而译就的金庸武侠名著《书剑恩仇录》（*The Book and the Sword*），并于 2005 年在牛津大学出版社出版；他翻译梁秉钧（也斯）的短篇小说选《岛屿和大陆：短篇小说选》（*Islands and Continents: Short Stories*），于 2007 年在香港中文大学出版社出版。

9.1.3 编选和编译各类文选

闵福德与柳存仁合编《中国的中产阶级小说：清代至民初言情小说》（*Chinese Middlebrow Fiction: from the Ch'ing and Early Republican Eras*），于 1984 年在香港中文大学出版社出版；与宋淇合编《山上树木：中国新诗选》（*Trees on the Mountain: An Anthology of New Chinese Writing*），于 1984 年在香港中文大学出版社出版；与白杰明（Geremie R. Barmé）编译《火种：中国

1　卢静："历时与共时视阈下的译者风格研究"，上海外国语大学博士学位论文，2013 年，第 69 页。

2　John Minford. *Tao Te Ching: The Essential Translation of the Ancient Chinese Book of Tao*. Penguin, 2018.

3　据刘绍铭介绍，闵福德翻译《鹿鼎记》始于 1994 年，其幕后推手是其业师暨岳父霍克思教授。详见刘绍铭，"《鹿鼎记》英译漫谈"，载王秋桂编，《金庸小说国际学术研讨会论文集》，台北：远流出版事业股份有限公司，1999 年。

良心之声》（*Seeds of Fire: Chinese Voices of Conscience*），于 1987 年由纽约的
Hill & Wang 出版公司出版；与庞秉钧和高尔登（Séan Golden）编译《中国现
代诗一百首》，于 1987 年在香港商务印书馆出版。该选本于 2008 年在中国对
外翻译出版公司再版，标题改为《中国现代诗选》（英汉对照）；与黄兆杰（Siu-
kit Wong）合编霍克思关于中国文学的选集《古典、现代与人文：中国文学论
集》（*Classical, Modern And Humane: Essays in Chinese Literature*），于 1987 年
在香港中文大学出版社出版；与刘绍铭（Joseph. S. M. Lau）合编的《含英咀
华集》（*Classical Chinese Literature: From Antiquity to the Tang Dynasty*）第一
卷于 2000 年在哥伦比亚大学出版社出版，被誉为"海外中国古典文学英译作
品的百科全书"。[4]翻译《中国民间故事》（*Favorite Folktales of China*），该书
由著名民间文学研究专家、民俗学家钟敬文作序，著名连环画画家贺友直等
绘制插图，1983 年由新世界出版社出版；翻译侯一民画集《一月一心：古代
寓言诗画三十幅》（*One Moon One Heart: Thirty Ancient Chinese Fables*），该画
集由刘征题诗，2009 年在纽约的 M James Fine Arts 出版社出版。

9.1.4 散见于各种刊物或选集中的翻译作品或著述

翻译缪越的文章"论词"（The Chinese Lyric），于 1980 年被收入由宋淇
主编的《无乐之歌：中国词选》（*Song Without Music: Chinese Tz'u Poetry*）中；
编辑并英译杨宗翰校注的《梦乡谈易》（Mengxiang Discoursing on the *I Ching*）
[5]；在欧阳桢（Eugene Chen Eoyang）和林耀福合编、出版于 1995 年的《翻译
中国文学》（*Translating Chinese Literature*）中回顾他翻译《红楼梦》的经历并
撰写文章"Pieces of Eight: Reflections on Translating *The Story of the Stone*"；翻
译"津门杂记外编初稿"（Draft Sketches from a Tientsin Journal, 1980-1982），
并于 2010 年 3 月发表在 *China Heritage Quarterly* 第 2 期上。另外，作为文学
翻译期刊《中国文学》（*Chinese Literature*）、香港《译丛》（*Renditions*）和台

4　Cyril Birch, "Preface", in John Minford and Joseph. S. M. Lau eds., *Classical Chinese Literature: From Antiquity to the Tang Dynasty*, Hong Kong: The Chinese University Press, 2000: xli.

5　Yang Tsung-han 杨宗翰 trans and annotated, John Minford with Rachel May ed., "Mengxiang Discoursing on the *I Ching*", in *Tracks in the Snow*（《鸿雪姻缘图记》）- Episode 44 from an *Autobiographical Memoir* by the Manchu Bannerman author Wanggiyan Lin-ch'ing 完颜麟庆", *China Heritage Quarterly*, No. 21, March 2010. See http://www.chinaheritagequarterly.org/scholarship.php?searchterm=021_lincing.inc&issue=021, accessed December 1, 2014.

湾笔会季刊（*The Chinese Pen*）资深的翻译家和译审，闵福德长期为这三家期刊提供翻译文学作品并评审其他学者的译稿。

　　由上文可知，闵福德翻译与研究中国传统经典文化的成果极其丰富。近年来，尤为值得关注的便是他对《易经》的研究与翻译。

　　闵福德从接触《易经》到最后翻译《易经》包括许多因缘，其中有四件事值得提及，那就是早期接触《易经》、受企鹅出版社邀请翻译《易经》、试译《易经》和相关文献以及参与大型国际翻译合作项目《五经》。了解闵福德的翻译缘起及其《易经》研究背景对于我们进行中国文化对外传播具有典型的借鉴意义。

　　他接触《易经》，最早是在澳大利亚国立大学师从柳存仁[6]教授时，柳存仁教授曾引用《易经》内的字句鼓励闵福德；而且，闵福德认为《易经》是一本非常奇特的书，过去四十年来，他面对一些重大决定时都会参考它，以此了解自己的处境，并思考未来的方向。[7]

　　闵福德自己坦言，是企鹅出版社主动邀请他翻译《易经》，那时他刚刚完成《孙子兵法》的翻译并出版。据管黎明介绍，2002 年《孙子兵法》英译本出版时，有人在采访时提到《易经》，结果出版社很快就向他发出邀约，希望他能翻译一部完整的《易经》，将这部中国经典呈现给西方读者，于是双方就签订了翻译合同，这部作品的翻译持续了整整 12 年。[8]

　　试译《易经》和相关文献的经历为闵福德正式翻译《易经》夯实了基础，他在 2009 年撰写文章"嘉 The Triumph: A Heritage of Sorts"时便翻译了《易经》中的"离卦"。[9]在香港中文大学担任《译丛》编辑期间，他协助杨宗翰整理其校注并英译了《鸿雪姻缘图记》，其中就涉及到《易经》的内容，具体指的是他 2010 年发表于《中国遗产季刊》（*China Heritage Quarterly*）总第 21 期上的《梦乡谈易》（Mengxiang Discoursing on the *I Ching*）一文。

6　闵福德提到柳存仁是他学习《易经》的老师，也是他的朋友。详见 John Minford, *I Ching: The Essential Translation of the Ancient Chinese Oracle and Book of Wisdom*, NY: Viking, 2014, p. 3.

7　详见 "闵福德的中国文化情"，http://www.ouhk.edu.hk/wcsprd/Satellite?pagename =OUHK/tcGenericPage2010&c=C_ETPU&cid=191155466600&lang=chi&BODY=tc GenericPage, accessed on Nov. 28, 2014.

8　管黎明："汉学家闵福德翻译出版英文《易经》"，见美国《侨报》（The China Press），2014 年 11 月 14 日，详见 http://ny.usqiaobao.com/spotlight/2014/11-15/58960. html, 访问日期：2014 年 11 月 28 日。

9　John Minford, "嘉 The Triumph: A Heritage of Sorts", *China Heritage Quarterly*, No. 19, September 2009.

9.2 闵福德英译《易经》的翻译思想及其策略

在闵福德的《易经》英译本出版之前，国内外已经出版的英译本有一百多种，如果加上其他语种的话，估计有几百种之多。在亚洲，《易经》主要传播至日本[10]、韩国、朝鲜[11]、越南、新加坡等国家。而在西方，则主要传播至英国、法国、德国、俄国、美国、意大利、奥地利、葡萄牙等国。西方《易经》翻译史和研究史，肇始于法国耶稣会传教士金尼阁，其后辈柏应理汇编了《中国哲人孔子》（也称《西方四书直解》）。此外，莱布尼茨、雷孝思、麦丽芝[12]、理雅各、卫礼贤、荣格、孔士特和司马富、夏含夷等众多学者都为《易经》在西方的传播与接受做出了贡献。

尽管西方有如此多的《易经》译本和研究著作出现，但是闵福德的《易经》译本自有其自身的意义。通过细读闵福德的《易经》英译本，本章发现闵福德的翻译思想可以归纳为"忠实原著，贴近读者"，而其翻译策略则主要可概括为：追溯本义、秉承直译、充分发挥译者主体性。

9.2.1 追溯本义

追溯本义主要体现在两个方面。一是针对《易经》通行本和《周易》古经，采用不同的翻译，以突出其本义。对于卦名的翻译，《易经》通行本中的第一卦为"乾"卦，表示"天"之义，所以译为"Heaven"[13]；而《周易》古经中则为"乾"，表示"日出"[14]，所以闵福德译为"Sun Rising"[15]。闵福德还提到，翻译时，由于古汉语本身内在具有含混的本质，所以每一个表示卦名的字符均有多重解读的可能性，可以表示很多事物，例如第一卦可以分别指代星群（asterism）、天和太阳，而在马王堆的帛书《易经》里这一卦则是

---

10 [日]长谷部英一，"日本《易经》研究概况"见《中华易学大辞典》编辑委员会编，《中华易学大辞典》（下），上海：上海古籍出版社，2008年，第891-901页。

11 杨宏声，"朝鲜半岛《易经》研究概况"，见《中华易学大辞典》编辑委员会编，《中华易学大辞典》（下），上海：上海古籍出版社，2008年，第882-890页。

12 李伟荣，"麦丽芝牧师与英语世界第一部《易经》译本：一个历史视角"，《中外文化与文论》，2013年第3期，第11-23页。

13 John Minford, *I Ching: The Essential Translation of the Ancient Chinese Oracle and Book of Wisdom*, NY: Viking, 2014, p. 9.

14 高本汉，《汉文典》（修订本），潘悟云等编译，上海：上海辞书出版社，1997年，第72页。

15 John Minford, *I Ching: The Essential Translation of the Ancient Chinese Oracle and Book of Wisdom*, NY: Viking, 2014, p. 505.

"键"，一般有"bolt"或"linchpin"之义。而且，闵福德继续指出，正是《易经》可以同时表示许多不同事物，这种多变性，是古汉语具有很强的模糊性的早期表现，很多个世纪以来中国哲学和诗学传统据此而得以演进。[16]

二是考索西方学者翻译《易经》关键词的源流，还其本义。以"元亨利贞"四字为例。"元"这一字符，甲骨文写成"𣅼"或"𣅼"，闵福德将其阐释为"一个有头之人"，所以可以翻译为"great"（大）或"Supreme"（至高无上），并指出理雅各将其翻译为"Great and Originating"（大而始）。颇具争议的是第二个字"亨"，现在很多人认为本质上它就是"享"，或者与之息息相关，表示"Sacrificial Offering"（祭品）之义。闵福德指出，高本汉认为这两者同源，甲骨文写成"𠅛"，像祭祖或占筮的庙宇，其重要性在商周时期无论如何强调都不过分；霍克思也注意到商代礼仪中动物作为祭品的规模和重要性；同时，闵福德也注意到了中国古代历史上义理学派的注疏者（宋代新儒家程颐和朱熹时代到达顶峰）将"亨/享"注释为"统"，因此西方易学家将其翻译为"connecting"、"getting through"、"penetrating"、"accomplishing to completion"，由此而得出"success"（成功）或"Fortune"（亨通）这样的解释和翻译，由此一来，这（两）个字所指的祭品和礼仪的维度便逐渐消失；18 世纪耶稣会会士便紧紧遵循这种阐释，因此他们用拉丁语 *penetrans* 来翻译"亨"字，19 世纪的英国新教传教士、翻译家理雅各因此将其翻译为"penetrating"；卫礼贤及其追随者将其分别翻译为"Gelingen"（德语）、"success"和"réussite"（法语)，均表示"成功"；而闵福德本人则将"亨/享"翻译为"Fortune"（亨通）或"Sacrifice Received"（接受到的祭品）。通过同样的方式，闵福德分别辨析了"利"和"贞"的意义，从而将"利"翻译为"Profits"或"Profitable"，而将"贞"翻译为"teadfast"（坚固）或"Augury"（占卜）和"Divination"（占筮）。[17]

9.2.2 秉承直译

在具体的翻译中，闵福德的基本翻译策略是直译，因为他信奉四海之内"人同此心，心同此理"，并将此作为自己的翻译信条。[18]尽管翻译时他通篇

---

16 John Minford, *I Ching: The Essential Translation of the Ancient Chinese Oracle and Book of Wisdom*, NY: Viking, 2014, p. 509.

17 John Minford, *I Ching: The Essential Translation of the Ancient Chinese Oracle and Book of Wisdom*, NY: Viking, 2014, pp. 505-507.

18 John Minford, *I Ching: The Essential Translation of the Ancient Chinese Oracle and Book of Wisdom*, NY: Viking, 2014, pp. xxi-xxix.

采用直译的方法，不过也偶有无法直译之处。遇到这种情况，闵福德则对此进行说明，或引用中外易学家的论述来佐证自己翻译的恰当，或是直接对此进行诠释，根本目的就是要让西方读者能够较好地理解他所翻译的《易经》。笔者试从以下三种情况予以说明：

9.2.2.1 关于专有名词的翻译

对于专有名词，闵福德提供了《词汇表》，一方面给出了专有名词的翻译，另一方面也提供了对这些专有名词的说明和解释[19]，读者在阅读中遇到不明确之处，可以方便地得到关于这些专有名词的翻译和解释，有利于读者更好地理解中国传统文化，这是西方学者较为常用的一种处理方法；同时，闵福德在翻译中国传统经典中的一些著作时，没有采取通用的现代汉语拼音或威妥玛式拼法，而是对此进行了翻译，例如将《庄子》翻译为 *Book of Master Zhuang*，将《管子》翻译为 *Book of Master Guan*，将"老子"翻译为"Taoist Laozi（Master Lao, the Old Master, sometimes written Lao Tzu）"[20]，不但表明了"老子"的身份，而且还将"老子"的文化内涵以及以前的译名都标识出来了。再次，闵福德对于富含文化意蕴的专有名词进行辨析，例如"龙"，他分别引述了朱熹、王夫之、庄子、《说文解字》、巫鸿、管子、闵建蜀等中国学者或著作中的相关论述，西方学者如理雅各、于连（François Jullien）和卫礼贤等基本上接受了中国学者的观念，而罗伯特·拉格利（Robert Ragley）则认为中国考古文献几乎将所有想象出来的动物都看作龙。《管子》认为龙生活在水中，有着水的五种颜色，是一种精灵，可以变小，小到蚕或毛虫那么小，也可以变大，大到覆盖整个世界；上能飞到云端，而下能潜到深渊；并且能够不时变化，上天入地，想到哪里就能到哪里。闵福德指出，这显然跟西方的龙完全不一样，因为西方的龙能够喷火，而且很邪恶，所以圣乔治（St. George）才要将其杀死。[21]在此基础上，闵福德顺势将龙脉（Dragon Veins）、龙穴（Dragon Hollows）和龙的传人（Heirs of the Dragon）等概念传授给西方读者。[22]再如

19　John Minford, *I Ching: The Essential Translation of the Ancient Chinese Oracle and Book of Wisdom*, NY: Viking, 2014, pp. 795-815.

20　John Minford, *I Ching: The Essential Translation of the Ancient Chinese Oracle and Book of Wisdom*, NY: Viking, 2014, pp. 15-16.

21　John Minford, *I Ching: The Essential Translation of the Ancient Chinese Oracle and Book of Wisdom*, NY: Viking, 2014, p. 15.

22　John Minford, *I Ching: The Essential Translation of the Ancient Chinese Oracle and Book of Wisdom*, NY: Viking, 2014, p. 16.

"孚"的翻译。因为《易经》早期注疏者将其解释为"诚"或"真"，所以中外学者和读者都按这种方式理解，将"孚"翻译为"sincerity"，卫礼贤将第六十一卦的卦名"中孚"译为"Innere Wahrheit"（贝恩斯将其英译为"Inner Truth"），而闵福德指出，这样翻译是按《圣经》而理解的，他在译文的第一部分《智慧之书》大致都遵循这种理解，并且采用"Good Faith"来译这一基本概念；不过，郭沫若经过研究曾首次指出"孚"原指战俘或战利品，受其影响，闵福德在译文的第二部分《占筮之书》将"孚"译为"Captives"。[23]

9.2.2.2 关于《易经》经传的翻译

表9-1 《乾》卦《文言》英汉对照

The Master said:	子曰：
He possesses Dragon Power, But stays concealed.	龙德而隐者
He does not change For the World's sake, Does not crave success or fame.	不易乎世 不成乎名
He eschews the World. Neither oppressed by solitude, Nor saddened by neglect,	遯世无闷 不见世而无闷
In joy he Acts,	乐则行之
In sorrow stands aside.	忧则违之
He is never uprooted.	确乎不可拔
This is the Hidden Dragon	潜龙也
In lowly place;	下也
This is Yang Energy Concealed in the deep.	阳气潜藏
The True Gentleman acts From Perfection of Inner Strength.	君子以成德为行
His Actions are then visible daily.	日可见其行也

---

23 John Minford, *I Ching: The Essential Translation of the Ancient Chinese Oracle and Book of Wisdom*, NY: Viking, 2014, p. xxvii. Also John Minford, *I Ching: The Essential Translation of the Ancient Chinese Oracle and Book of Wisdom*, NY: Viking, 2014, pp. 803-804.

Here he is Concealed, He is Not yet visible,	隐而未见
His conduct is not yet Perfected.	行而未成
He does not Act.	是以君子弗"用"也

从表 9-1 可以清楚地看出，闵福德基本是直译，他将原文的意思全部都翻译出来了。值得注意的是，闵福德没有按中文原文排列，而是将他的翻译排列成类似于诗行的模样。这样做的基本考虑，笔者认为是便于突出中文的构造结构，并且也便于译者强调他翻译时的重点。例如"龙德而隐者"，他翻译成：

> He possesses Dragon Power,
>
> But stays concealed.

这里，闵福德添加了英文中所需的主语"He"，而"龙德"则翻译成首字母都大写的"Dragon Power"。对闵福德而言，"德"就是 Power 或 Strength，而且都是内在的，所以他将"德"译为"Inner Strength"或"Inner Power"，是自我修养的结果，是道的显现或道的力量。[24] 至于"He"具体指代什么人或什么事物，从翻译中看不出来。另外，从其排列来看，这样的排列正好将"龙德"和"隐者"分成两行，读者读起来也就一目了然。

9.2.2.3 充分发挥译者主体性

同时，闵福德在翻译时，并非完全按照中文原文来进行翻译，而是有选择性地进行，这样既使译文更为简洁，又让读者读到密切相关的材料，而直接忽略掉闵福德认为不相关的材料。例如，《乾卦·文言》阐释"潜龙勿用"时，闵福德并未按通行本来翻译，而是将与"潜龙勿用"的话语全部集中在一起，所以就成了"（初九曰：'潜龙勿用'，何谓也，）子曰：龙德而隐者也，不易乎世，不成乎名，遁世无闷，不见世而无闷，乐则行之，忧则违之，确乎其不可拔，潜龙也。（潜龙勿用，）下也。（潜龙勿用，）阳气潜藏。君子以成德为行，日可见之行也，（潜之为言也，）隐而未见，行而未成，是以君

---

24 John Minford, *I Ching: The Essential Translation of the Ancient Chinese Oracle and Book of Wisdom*, NY: Viking, 2014, p. 806.

子弗用也。"[25]而括号中的文字，闵福德就没有翻译出来，也许是为了使文气更通畅而更像英语。这是闵福德《易经》翻译的一大特点。

表 9-1 中，闵福德将"下也"翻译为"In lowly place"，其中"lowly"作形容词，表示"low or inferior in station or quality"或"inferior in rank or status"，即"地位低的"，与"low"相比，显得更古雅，用来翻译《易经》这样的文本，确实是非常恰当的。我们通览全书的翻译时，也可以看到闵福德有时候在英文译文之后还借用前辈译者的拉丁文译文，以使其文本显得很古雅。

闵福德在《易经》英译本中将自己对《易经》的理解加入其中，用他自己名字的首字母缩写 JM 标识出来，与古今中外易学家的诠释融为一体，这既表明了自己的易学思想，也便于读者对比阅读其他学者的易学思想，从而使《易经》这一本古老的中国经典焕发出了新的特质。这一做法，颇为类似于中国经典的传统注疏。详情可见下表：

表 9-2 闵福德的注疏与《易经》的传统注疏之比较

闵福德注疏	《易经》传统注疏
Yang Line in Yin Place. The deep, writes **Cheng Yi**, is the Dragon's natural palce of repose. Leaping into the deep at an opportune moment, the Dragon finds rest. … Advance is possible, comments **Zhu Xi**, but not necessary. … The Leader, writes **Professor Mun**, is at a crossroads and needs to make a decision whether he should move forward or not, in a calm and balanced manner, without being impulsive. **JM**: Tao Yuanming in his poem "Rhapsody on Schoalrs out of Their Time," drew on the imagery of these lines: Hidden Dragon, Leaping Dragon: All is Ordained … The Enlightened Man's Vision Bids him eschew office,	**本义** "或"者，疑而未定之辞。"跃"者，无所缘而绝于地，特未飞尔。…… **程传** "渊"，龙之所安也。"或"，疑辞，谓非必也。"跃"，不"跃"，唯及时以就安耳。圣人制动，无不时也，舜之历试时也。 集说 干氏宝曰，"跃"者，暂起之言。 孔氏颖达曰，"或"，疑也。"跃"，跳跃也。言九四阳气渐进，似若龙体欲飞，犹疑或也。跃于在渊，未即飞也。 程氏迥曰，…… 李氏过曰，…… 林氏希元曰，…… 又曰，……

---

25 刘大均、林忠军译注，《周易经传白话解》，上海：上海古籍出版社，2006 年，第315-319 页。

Bids him Retreat to his farm.[26]	陈氏琛曰，……[27]

从表 9-2 左栏可以看出，闵福德翻译了乾卦第四爻的《文言》部分的相关内容之后，进行了诠释。首先，他引用了程颐、朱熹（均为《易经》诠释中宋易的代表人物）的相关诠释与发明；接着引用了闵建蜀（Mun Kin Chok，他将中国传统哲理尤其是《易经》应用于现代管理）的诠释和发挥，闵建蜀认为作为一位领导，在紧要关头必须冷静而非冲动地做出继续与否的决定；最后的 JM 指他自己，即 John Minford 的首字母缩写，这里可以看出他自己是结合或者是说借助陶渊明的一首诗歌来理解或让读者理解这一爻的意义的。此处闵福德征引的是陶渊明的《感士不遇赋》（Rhapsody on Scholars out of Their Time）中的一段："靡潜跃之非分……彼达人之善觉，乃逃禄而归耕。"这里的种种诠释和发挥均与《文言》中的相应部分非常切合："子曰：上下无常，非为邪也；进退无恒，非离群也。君子进德修业，欲及时也。故无咎。"

表 9-2 的右栏则是《周易折中》中就"乾卦"第四爻爻辞的注疏，分别是朱熹的《周易本义》、程颐的《伊川易传》、俞琰的《周易集说》以及程迥、李过、林希元和陈琛等对乾卦第四爻的诠释。

从表 2 两栏各位易学家的易学诠释的排列情况看，英文与中文的情况非常类似。由此可见闵福德对中国传统注疏的认同与践行。这样处理的好处就在于，便于著者将各种不同的观点并置在一起，方便读者去甄别，同时著者也可以较好地将自己的意见插入到文本之中，让读者明确著者对此问题的思考和观点。跟《周易折中》中所引述的易学阐释不同，闵福德的诠释和发挥更为确定，而且其应用性更强，这对于西方读者而言应该更有帮助。

综而论之，闵福德英译《易经》的翻译思想有如下三个主要特点。（1）贴近原著，方便各类读者的阅读。因为这本书提供了各种各样的信息，包括全书开篇有一篇导论，而书中的两个部分"智慧之书"（Book of Wisdom）与"青铜时代的占筮"（Bronze Age Oracle）前也有两篇导论，解释如何占卜，解释伏羲卦序、六十四卦表、分类的详注书目、中国和西方对《易经》进行注

---

26 John Minford, *I Ching: The Essential Translation of the Ancient Chinese Oracle and Book of Wisdom*, NY: Viking, 2014, pp. 20-21.

27 李光地纂，刘大均整理，《周易折中》，成都：巴蜀书社，2010 年，第 19 页。

疏和研究的学者列表等等。因此，艾周思（Joseph A. Adler）认为，任何对《易经》有特殊兴趣或对中国文化有着兴趣的读者，都能从本书中获益良多[28]。（2）闵福德的《易经》英译不同于理雅各和卫礼贤的翻译，因为他们俩都有中国学者做助手，都反映了宋代程朱学派的思想，卫礼贤更是带着浓重的德国理想主义和荣格心理学的色彩；也不同于孔士特和夏含夷专注于周朝《易经》原文的做法，更不同于林理彰只翻译《易经王弼注》的方法，他认为《易经》既是一部"智慧之书"，也是一部"青铜时代的占筮"，同时也是一种游戏，所以他的翻译采取上述方法，将全书分为两部分，而且兼采中国学者和西方学者的解释与注疏[29]。（3）信奉"信、达、雅"、追求"化境"。刘绍铭曾指出，闵福德认为严复的"信、达、雅"三律，扼要切实，永不会过时；若要补充，或可从钱锺书说，再加一律："化"。[30]与以前的翻译一样，闵福德在翻译《易经》时同样信奉"信、达、雅"、追求"化境"。

9.3 闵福德的易学思想内涵

作为资深的中国文化译者，闵福德的易学思想主要在具体的翻译实践、译本的《绪论》、相关评论和内容的编排上得以体现。笔者通过对闵福德《易经》新译本的考察和相关资料的研读，总结梳理出闵福德的如下五点易学思想内涵。

9.3.1 《易经》本为卜筮之书，后来才成为智慧之书

闵福德开宗明义地指出，中国典籍《易经》的根源就在于古代的占卜[31]；而且在《导论》部分，他专门设置了《从占筮到智慧之书》（From Oracle to Book of Wisdom）一节，阐述《易经》如何从远古的占筮经过《十翼》等注疏而逐渐成为中华民族的核心典籍，并且指出阅读或者引用《易经》能够触及中国

---

28 Joseph A. Adler, A Review on "John Minford, trans., *I Ching（Yijing）: The Book of Change*", in *Dao: A Journal of Comparative Philosophy*, vol. 14, no. 1, 2015: 151-152.

29 John Minford, *I Ching: The Essential Translation of the Ancient Chinese Oracle and Book of Wisdom*, NY: Viking, 2014, p. 4.

30 刘绍铭，"《鹿鼎记》英译漫谈"，见刘绍铭，《文字不是东西》，南京：江苏教育出版社，2006年，第220页。

31 John Minford, *I Ching: The Essential Translation of the Ancient Chinese Oracle and Book of Wisdom*, NY: Viking, 2014, pp. xii-xviii.

人的心灵，而《易经》中的阴阳、道、孚和修养等，一直到 20 世纪都几乎占据了每一个中国思想家的头脑。[32]尽管如此，闵福德在全书的编排上却并非如此，而是相反：第一部分是翻译并诠释作为《智慧之书》的《易经》，而第二部分才是作为《青铜时代的占筮》的《易经》。

9.3.2 还《周易》古经以本来面目

闵福德指出，这部书的第二部分将回溯到更早的时期，那时候还没有儒家、道家、新儒家和其他任何哲学诠释，这主要反映在本书的第一部分；将注释都从《周易》古经中剥离开了，只翻译并诠释"象传"和"爻辞"。由此一来，现代读者便可以直接接触未经修饰的意象和象征。《周易》古经诞生之时，正是（先民）占筮、献祭和萨满依然活跃之时，直接质问宇宙。因此，他认为《周易》古经能够提供现代读者—咨询者（reader-consultant）一种见识古人如何看待并体验这个世界的潜在可能，而且极少数书能够做到这一点。基于此，如果要参考其他材料的时候，闵福德坚持主要使用早期的材料，例如《诗经》和《楚辞》等；为了掌握《周易》古经的读音，他主要参考著名瑞典汉学家高本汉的著作《汉文典》（*Grammatica Serica Recensa*）。[33]为了与通行本相区别，闵福德特意请友人、台湾艺术大学廖新田教授为他撰写了《周易》古经的六十四卦卦名。根据闵福德参考过高本汉的巨著《汉文典》可以推断，他认定《周易》古经的第一卦卦名是"釬"，读音为"gan"（按照韦氏拼音，则拼为"kan"），表示"日出"之义[34]。

从图 9-1 可以看到，通行本《易经》的第一卦与《周易》古经的第一卦从字形和意义上都是不同的，前者代表"天"，而后者只是象征"日出"；而且"象辞"也不一样，前者是"元亨利贞"，而后者是"元享利贞"。将后来的注疏剥离了之后，闵福德认为"贞"就是"贞问"或"占卜"之意了，所以他将其译为"augury"或"divination"，从而还《周易》古经以本来面目。

32　John Minford, *I Ching: The Essential Translation of the Ancient Chinese Oracle and Book of Wisdom*, NY: Viking, 2014, pp. ix-xvii.

33　John Minford, *I Ching: The Essential Translation of the Ancient Chinese Oracle and Book of Wisdom*, NY: Viking, 2014, p. 501.

34　高本汉，《汉文典》（修订本），潘悟云等编译，上海：上海辞书出版社，1997 年，第 72 页。

图9-1 通行本《易经》与《周易》古经第一卦的比较[35]

9.3.3 《易经》是中国文学之源

闵福德指出，《易经》经文具有诗意这一方面被忽略。事实上，《易经》正是一部文学作品，是中国文学传统最早也是最深的源泉之一，常常被引用和提及。跟《诗经》一样，《易经》最早的文本包含着口头的、程式化的材料，那时候文字、文字—魔术和文字—音乐之间紧密相连。[36]闵福德的这种认识，是受了孔士特（Richard Allan Kunst）的影响。孔士特注意到了《易经》中一些词汇的重复性和程式化性质，而且他还注意到《易经》如果用古音来诵读的话，很多现在听起来不押韵的在古代是押韵的，例如音"yu"（如"羽"、"雨"）与"ye"（如"野"）押韵，音"yuan"（如"渊"）和"shen"（如

---

35 John Minford, *I Ching: The Essential Translation of the Ancient Chinese Oracle and Book of Wisdom*, NY: Viking, 2014, pp. 9, 505.

36 John Minford, *I Ching: The Essential Translation of the Ancient Chinese Oracle and Book of Wisdom*, NY: Viking, 2014, p. 511.

"身"）押韵。[37]由于这种原因，闵福德在翻译这一类句子的时候，他倾向于保留原来的韵脚，例如他将《诗经·旱麓》中的"鸢飞戾天，鱼跃于渊"翻译为：

Falcons fly

In the sky;

Fish leap

In the deep.

正因为如此，他将"或跃在渊"翻译为以下形式，具体可参见表3：

表 9-3 乾卦第四爻爻辞"或跃在渊"的翻译

Yang in Fourth Place	Nine in Fourth Place
He leaps Into the deep, *In profundis.* No harm, *Nullum malum.*[38]	Leaps In the deep. No harm.[39]

从以上文字的翻译来看，我们可以深切地感受到闵福德对于《易经》文学方面特质的保留，这是他易学思想的表现之一。

9.3.4 综采多家，推崇《周易阐真》

闵福德对于易学的理解并不执于一家一派，而是综采多家，什么最有助于读者理解，便采用哪种解释[40]。他明确表示，历史上有无数易学家的注释（exgesis），但是他并未蹈袭任何派别的注释，而是采用随文附注（running commentary）的方式，将所有有助于当代读者理解的注释都汇集在一起。这一点与林理彰只采用王弼的注释是完全不一样的。当然，因为全真派道士刘一明（1733-1821，号悟元子）的诠释对他很有启发，所以节选了很多刘一明

37 Richard Alan Kunst, "The Original *Yijing*: A Text, Phonetc Transcription, Translation, and Indexes, with Sample Glosses", Ph.D. dissertation in Oriental Languages: University of California at Berkeley, 1985, p. 72.

38 John Minford, *I Ching: The Essential Translation of the Ancient Chinese Oracle and Book of Wisdom*, NY: Viking, 2014, pp. 19-20.

39 John Minford, *I Ching: The Essential Translation of the Ancient Chinese Oracle and Book of Wisdom*, NY: Viking, 2014, p. 510.

40 John Minford, *I Ching: The Essential Translation of the Ancient Chinese Oracle and Book of Wisdom*, NY: Viking, 2014, pp. xvii-xviii.

的注疏。[41]闵福德服膺的既不是理雅各和卫礼贤推崇的宋易（以朱熹为代表的），也不是林理彰追随的汉易（以王弼为代表），而是清代刘一明的全真易内丹理论。[42]

9.3.5 强调《易经》的实用性

通观闵福德的《易经》英译本全书，可以看到他特别强调《易经》的实用性。这主要表现在书中的两个部分："如何用《易经》占卜"（How to Concult the *I Ching*）和"致谢"（Acknowledgements）中。

在"如何用《易经》占卜"部分，闵福德贞问自己翻译《易经》是否及时？通过八个步骤予以解释：提出问题（The Question）、得到卦（Arriving at the Hexagram）、注意这一卦及其结构的问题（What to Notice about the Hexagram and Its Structure）、解读这一卦（How to Read the Hexagram）、注意由这一卦而得到的变卦及其结构的问题（What to Notice about the Second Hexagram and Its Structure）、解读得到的变卦（How to Read the Second Hexagram）、关于这两个卦（Contemplating of the Hexagrams）、得出结论（Conclusion）。

而在"致谢"中，可以清楚地看到，《易经》的精髓已经深入到闵福德的深层文化结构中，例如他非常自如地将君子（True Gentleman）、孚（Good Faith）、诚（Sincerity）、既济（Completion）、应（Resonance）、未济（Incompletion）、利见大人（It certainly Profited me to see shi Great Man）、贞（Steadfast 或 Steadfastly）、厉（Danger）、德（Inner Strength）和凶（Inauspicious）等易学核心语汇和思想都融入到自己的"致谢"中去了。

小结

毫无疑问，闵福德新推出的《易经》是一部相当成功的译本，必将引起世界范围内的"《易经》热"乃至"中国文化热"。闵福德所译的《易经》之所以能有如此高的成就，当然有多方面的原因，其荦荦大者可归结为如下四点：

---

41 John Minford, *I Ching: The Essential Translation of the Ancient Chinese Oracle and Book of Wisdom*, NY: Viking, 2014, p. xvii.

42 John Minford, *I Ching: The Essential Translation of the Ancient Chinese Oracle and Book of Wisdom*, NY: Viking, 2014, pp. xvii-xviii, xxi-xxiv.

第一，他高超的汉语水平，以及完美的母语能力，是这一成功的必要保证。正如李欧梵所说，"从霍教授的译笔中我悟出一个道理：翻译中国文学古典名著，非但中文要好，"汉学"训练到家，而且英文也要好，甚至更好！英国的译界前辈卫理（Arthur Waley）即是一例，他并非汉学家，所以对中文原典的了解或有瑕疵，但他的英文绝对一流。"[43]李欧梵对霍克思的表扬，也适用于闵福德。

第二，严格的汉学训练为闵福德翻译《易经》提供了坚实的语言基础。从 18 岁在牛津大学开始学习汉语，到跟霍克思教授一起翻译《红楼梦》，再到翻译如《孙子兵法》、《聊斋志异》等中国优秀典籍，闵福德的汉学英译水平逐步得到了提升。

第三，对古今中外易学著作非常熟稔。从闵福德的《易经》译本中我们可以发现，闵福德对于古今中外的易学著作和《易经》译本非常熟悉，并且有精深的理解。

第四，有柳存仁这样一位非常专业的古典文学专家做自己的老师和朋友。正如理雅各翻译《易经》时仰仗王韬，卫礼贤翻译《易经》时与劳乃宣学习《易经》，霍克思到中国来通过与一位河北老人学习《红楼梦》来学习汉语一样，柳存仁对于闵福德翻译《易经》也是非常重要的。

闵福德的中国典籍翻译实践对于中国文化对外传播无疑是一个相当成功的范例，具有深刻的启发意义。这也从一个侧面说明，中国文化要真正"走出去"，除了翻译本身这一内部要素必须予以充分关注之外，也要特别重视翻译合作与人才培养等提升中国文化国际影响力外部路径[44]。所谓"汝果欲学诗，工夫在诗外"，此之谓也。

---

43 李欧梵，"大江东去——杂忆两位翻译大师"，《苹果日报》，2011 年 8 月 28 日。

44 李伟荣，"中国文化'走出去'的外部路径研究——兼论中国文化国际影响力"，《中国文化研究》，2015 年第 3 期，第 29-46 页。

第十章 司马富与《易经》研究

引言

　　司马富（Richard J. Smith，1944-）在美国加州大学戴维斯分校分别取得学士、硕士和博士学位。博士期间，他师从著名美籍华裔学者刘广京[1]（Kwang-Ching Liu, 1921-2006）攻读中国史学，是国际知名的中国史尤其是清史专家、易学家，曾任莱斯大学（Rice University）乔治和南希·鲁普人文讲座教授（George and Nancy Rupp Professor of Humanities）和历史学教授，现为莱斯大学的荣休教授。

　　司马富的主业是中国文化史和社会史研究，尤其是对清代的文化史和社会史的研究，所以我国历史学界都熟悉他这一方面的研究，而大都忽略了他在易学研究方面的成就，或者他们将其对易学的研究也视之为他历史研究的一部分。原美国纽约州立大学杰那苏分校（State University of New York at Geneseo）历史学教授、现香港城市大学历史学教授韩子奇（Tze-ki Hon）和原台湾大学教授、现香港教育大学人文学院教授郑吉雄（Cheng Kat Hung Dennis）均十分肯定司马富的易学研究。[2]

---

1 刘广京（Kwang-Ching Liu, 1921-2006），中央研究院院士，经济史学家；西南联大肄业，1995 年获哈佛大学博士学位，师从费正清，于加州大学戴维斯分校执教。刘广京曾修正费正清解释中国近代史的"刺激—反应"说，并证明中国买办和西方资本主义接触是有竞争力的。韦慕庭（Clarence Martin Wilbur, 1908－1997）称刘广京是"学者中的学者"。详情见维基百科：https://zh.wikipedia.org/wiki/%E5%8A%89%E5%BB%A3%E4%BA%AC。

2 Tze-ki Hon, A review on *Fathoming the Cosmos and Ordering the World: The Yijing (I-*

从司马富在莱斯大学官网上的个人简历来看，司马富著述丰富，研究范围涉及多方面，不过他自己认为主要集中在两方面：一是中国智识和社会史研究，二是前现代时期中国与日本、韩国以及越南之间发生的文学和文化互动研究。其中，一个非常重要的研究方向就是对《易经》的研究。从他在莱斯大学官网上公布的个人简历上，我们可以清楚看到，司马富与《易经》相关的专著有五部，分别是《算命先生和哲学家：传统中国社会的卜筮》(*Fortune-tellers and Philosophers: Divination in Traditional Chinese Society*, 1991)、《中国黄历》(*Chinese Almanacs*, 1992)、《探寻宇宙和规范世界：〈易经〉及其在中国的演进》(*Fathoming the Cosmos and Ordering the World: The Yijing（I Ching or Classic of Changes）and Its Evolution in China*, 2008)、《〈易经〉外传》(*The I Ching: A Biographyi, 2013*)和《测绘中国和管理世界：晚清帝制时期的文化、制图学与宇宙学》(*Mapping China and Managing the World: Culture, Cartography and Cosmology in Late Imperial Times*)；《易经》研究论文（包括会议论文、其他学者主编专著中的章节）共计 24 篇。所有的这些著作和论文集中围绕三方面进行：一是卜筮与中国历书的关系，以及《易经》与宇宙论的关系；二是《易经》在中国的演进；三是《易经》的西译与西游。

司马富的易学研究在西方易学界具有范式转变的意义，因此本章尝试探究司马富的易学研究成就。

10.1 易学研究、卜筮与宇宙论

有关卜筮，主要的著作就是《算命先生和哲学家》这部专著；也有几篇论文，如《清朝的占卜》(Divination in Ch'ing Dynasty China)[3]、《帝制晚期的卜筮：几个老问题的新视角》(Divination in Late Imperial China: New Light on

---

Ching, or Classic of Changes）and Its Evolution in China by Richard J. Smith, Philosophy East and West, Vol. 62, No. 1（JANUARY 2012）, pp. 144-145; 郑吉雄，"《周易》全球化回顾与前瞻（二）" [J]，《周易研究》2018 年第 2 期，第 8 页。

3　Richard J. Smith, "Divination in Ch'ing Dynasty China", in Richard J. Smith and D. W. Y. Kwok eds., *Cosmology, Ontology, and Human Efficacy: Essays in Chinese Thought*, Honolulu: University of Hawaii Press, 1993, pp. 141-178. 另收入 Richard J. Smith, "Divination in the Qing", in Richard J. Smith, *Mapping China and Managing the World: Culture, Cartography and Cosmology in Late Imperial Times*, Milton Park, Oxfordshire, England: Routledge Press, 2013, pp. 133-165.

Some Old Problems）[4]、《知命：帝制晚期的卜筮》（"Knowing Fate": Divination in Late Imperial China）[5]等。

司马富关注中国的卜筮，始于 20 世纪 80 年代，他的专著《中国的文化遗产：清朝，1644-1912》（*China's Cultural Heritage: The Ch'ing Dynasty, 1644-1912*）就处理了与此相关的问题。司马富指出，贯穿中国帝制历史中的一个主要主题就是：中国这一巨大、地理上分散而种族上多元的国家内在的分裂倾向和由受过高等教育的学者—官员管理的中央官僚帝国之间所存在的紧张关系。他的研究想解决的问题，就是在清朝这两个竞争性影响之间的相互作用。[6]其中，司马富考察的一个重要方面就是卜筮对此所起的重要作用。他指出，根据《易经》的理论，对各种相互联系的爻、经卦和别卦的诠释，以及对特定而具体环境中所经历和代表的变易的理解，将阐明人类经验的结构，并在卜筮的过程中昭示未来；[7]而且，卜筮的基础就是《易经》。[8]卜筮在各种家庭礼仪中占的比重很大，家庭通过占筮向先祖获得指导。学者们常常通过《易经》来贞问，以求得一件事做不做的建议。而平民们不管是高兴之时还是悲伤之季，都会急切寻求算命先生和其他专业人士，包括风水师的专业意见。传统中国社会中，不管出自什么阶级，遇到需要决断的事时，最流行的做法是翻皇历看吉凶。[9]

司马富关于卜筮的研究在专著《算命先生和哲学家：传统中国社会的卜筮》中得到了综合且总结性的研究。他研究后得出的结论是，人们遇到需要决断之事是进行占卜的根本原因是对卜筮的分析——尤其是卜筮在社会上运用广泛——不但阐明宇宙论和因果性的概念，而且阐明价值、逻辑、符号、

---

4 Richard J. Smith, "Divination in Late Imperial China: New Light on Some Old Problems", in On Cho Ng ed., *The Imperative of Understanding: Chinese Philosophy, Comparative Philosophy, and Onto-hermeneutics*, New York, NY: Global Scholarly Publications, 2008, pp. 273-315.

5 Richard J. Smith, "Knowing Fate": Divination in Late Imperial China, *Journal of Chinese Studies*, 3.2（October, 1986）, pp. 153-190.

6 Richard J. Smith, "Preface", in Richard J. Smith, *China's Cultural Heritage: The Ch'ing Dynasty, 1644-1912*, Boulder, Colorado: Westview Press & London: Francis Pinter, 1983, p. xiii.

7 Richard J. Smith, *China's Cultural Heritage: The Ch'ing Dynasty, 1644-1912*, Boulder, Colorado: Westview Press & London: Francis Pinter, 1983, p. 95.

8 Richard J. Smith, *China's Cultural Heritage: The Ch'ing Dynasty, 1644-1912*, Boulder, Colorado: Westview Press & London: Francis Pinter, 1983, p. 147.

9 Richard J. Smith, *China's Cultural Heritage: The Ch'ing Dynasty, 1644-1912*, Boulder, Colorado: Westview Press & London: Francis Pinter, 1983, p. 213.

结构和话语风格；它也阐释个人权力和政治权力、阶级和性别、社会秩序和社会冲突、正统和异端等问题。因此，卜筮现象越普遍，它作为文化之窗就越发人深省。[10]司马富研究卜筮的深层原因可以概括为：一是中国知识分子的态度，他们长期认为卜筮的大部分形式都是民众的"迷信"，不值得进行认真研究；二是人们普遍认为算命等传统习俗与现代科学原理不相容，因此要积极劝阻；三是专业的算命先生、业余从业者和他们的客户等等，这些最接近卜筮者往往不愿意或不能完全离开卜筮这一行为，大多数真正的信徒很难清楚地看到自己。[11]同时，司马富发现关于帝制晚期中国卜筮的研究主要集中在人类学和心理学，而跨学科研究尚付诸阙如，因此想填补这一空白。这也是司马富想研究卜筮的一个重要原因。因此，他研究了各种各样的占卜技术——从使用神圣的《易经》到诸如选址（风水）、占星术、数字命理学、看相、测字、星占、巫占（包括扶乩）和梦占等。同时，他不仅探讨了各种卜筮技巧之间的联系，而且探讨了卜筮与中国文化其他方面的关系，包括哲学、科学和医学。而且，他也讨论了卜筮的象征意义，它的美学、仪式及其心理和社会意义。[12]司马富研究发现，卜筮是用于构建社会意义的工具，因为历史使过去有序，礼仪使现在有序，而卜筮则使未来有序。[13]

　　司马富指出，卜筮尤其在中国帝制晚期也就是清朝（1644-1912）甚至更为强大，其势力无处不在。占筮的重要性从清朝大型百科全书《钦定古今图书集成》所收录的篇幅便可见一斑，因为这一部百科全书中超过2000多页的篇幅是有关算命先生和占卜技术的；另一部索引类的著作是袁树珊所著的《中国历代卜人传》，3000多卜人中清朝就占了三分之一。[14]

　　卜筮作为中国传统文化的一部分，在中国传统社会占有相当重要的地位。文化本身隐含着共享的意义。一般而言，文化意义源于对各种形式的社会话语和象征行为的仔细"阅读"。不论是书面文本、简单对话、艺术、建筑、音

---

10 Richard J. Smith, *Fortune-tellers and Philosophers: Divination in Traditional Chinese Society*, Boulder, San Francisco, Oxford: Westview Press, 1991, p. xi.

11 Richard J. Smith, *Fortune-tellers and Philosophers: Divination in Traditional Chinese Society*, Boulder, San Francisco, Oxford: Westview Press, 1991, p. xi.

12 Richard J. Smith, *Fortune-tellers and Philosophers: Divination in Traditional Chinese Society*, Boulder, San Francisco, Oxford: Westview Press, 1991, p. 421.

13 Richard J. Smith, *Fortune-tellers and Philosophers: Divination in Traditional Chinese Society*, Boulder, San Francisco, Oxford: Westview Press, 1991, p. 4.

14 Richard J. Smith, *Fortune-tellers and Philosophers: Divination in Traditional Chinese Society*, Boulder, San Francisco, Oxford: Westview Press, 1991, p. 5.

乐、文物和商品的制作和交换、仪式、戏剧和表演，还是科学、经济思辨、医学和卜筮等预测性活动，莫不如此。问题是，如何衡量中国传统文化中共享话语的程度？司马富认为，卜筮就是一个有价值的共享工具。虽然它的特殊表现形式和社会意义可能随时间、地点、群体的不同而不同，但是卜筮触及了中国社会的各个阶层，从皇帝到农民莫不如此。每个中国人都认为某些宇宙因素会影响人类的命运，并且都使用类似的符号词汇来表达这些宇宙变量。虽然"命运"的概念可能有不同的构思，尽管某些宇宙符号可以用不同的方式解释，但在卜筮的话语中存在共享的"语法"，这是文化理解的共同基础。[15]

　　而卜筮与中国黄历以及与中国宇宙论的关系，则集中在专著《中国黄历》（*The Chinese Almanacs*，也译《中国通书》）一书中予以论述。在这本书中，司马富指出，虽然精确的天文和数学计算一直为中国历法奠定基础，但关联性宇宙论自汉代起便在国家历法和流行黄历的建构中占据中心地位。这种宇宙论的基本前提是一个有序的宇宙，其中阴阳的看不见力量、所谓的五行、《易经》的八卦、古老的甲子计数系统中的十"天干"和十二"地支"，以及许多其他宇宙变量——包括"真正的"星辰和"星辰神"——彼此互动并与"同类"产生共鸣。根据《易经》，天、地通过天体图像和地球形态向人类自我展示。天文产生了一种高度复杂的中国占星术传统，而地理则促生了与之相关俗称风水的伪科学。[16]就这样，《易经》、中国黄历和占星术之间产生了紧密而有趣的联系，影响了中国几千年。

10.2　探寻宇宙和规范世界：《易经》在中国的演进

　　司马富的重要著作《探寻宇宙和规范世界：〈易经〉及其在中国的演进》（*Fathoming the Cosmos and Ordering the World: The Yijing（I-Ching, or Classic of Changes）and Its Evolution in China*）2008 年由弗吉尼亚大学出版社出版，2017 年又出了修订版，可见该书在西方具有一定的影响。著名国际易学家本特·尼尔森（Bent Nielsen）称赞这部书是世界上一部有关《易经》的杰出著

15　Richard J. Smith, *Fortune-tellers and Philosophers: Divination in Traditional Chinese Society*, Boulder, San Francisco, Oxford: Westview Press, 1991, pp. 9-10.

16　Richard J. Smith, *Chinese Almanacs*, Hong Kong, Oxford, and New York: Oxford University Press, 1992, p. 10.

作，是卓越中的卓越。[17]

1999 年，弗吉尼亚大学邀请司马富做詹姆斯·W·理查德讲座。期间，他做了三次讲座，总题目是"规范世界和探寻宇宙：《易经》在中国及其他"，这三次讲座就构成了这部书的基础。[18]尽管大部分人都知道《易经》源自中国，但是很少人知道它在中国的演进情况并最终在西方是如何传播的，也少有人知道这部书的基本内容[19]，所以司马富想研究这两方面的内容。

司马富这部书研究了《易经》自商朝至今的发展情况。[20]首先，他追溯了《易经》通行本的起源。司马富指出《易经》的确切诞生日期无法确定。根据《易经·系辞传》记载，周朝末年伏羲始画八卦，在汉代早期还没有成为儒家经典之前，它被人称为《周易》。可以确定的是，公元前 4 世纪《周易》的基本语法已经完全确立，其语言包括无字符号（别卦、经卦和爻）和书面文本（卦名、象辞和爻辞）。 未来几个世纪里，《易经》的词汇大幅度增加，尤其是《易传》这一扩大了《周易》解释框架的注疏的出现之后，更是如此。[21]

其次，他追溯了《易经》如何经典化的，即如何从卜筮文本而变身为儒家重要典籍，成为"六经之首"的。周朝末年与早期《易经》相关文献与那个时代许多其他文本之间密切关系的一个重要点就是宇宙论。汉代宇宙论的核心是精心设计的对应和共鸣系统，通常被称为"相关性思维"。两种对应系统为汉代和大约两千年左右中国的相关性思维提供了概念基础。一种系统关注有名却遭误解的阴阳概念，另一种系统则关注五行。公元前 136 年最终获得皇帝批准的《易经》版本有两个显著特征。首先，它按照顺序编号的成

17 Bent Nielsen, A Review on *Fathoming the Cosmos and Ordering the World: The Yijing (I-Ching, or Classic of Changes) and Its Evolution in China* by Richard J. Smith, *The Journal of Asian Studies*, Vol. 69, No. 1（FEBRUARY 2010）, p. 235.

18 Richard J. Smith, "Acknowledgements", in Richard J. Smith, *Fathoming the Cosmos and Ordering the World: The Yijing (I-Ching, or Classic of Changes) and its Evolution in China*, Charlottesville and London: University of Virginia Press, 2008, p. xv.

19 Richard J. Smith, *Fathoming the Cosmos and Ordering the World: The Yijing (I-Ching, or Classic of Changes) and its Evolution in China*, Charlottesville and London: University of Virginia Press, 2008, p. 1.

20 Richard J. Smith, *Fathoming the Cosmos and Ordering the World: The Yijing (I-Ching, or Classic of Changes) and its Evolution in China*, Charlottesville and London: University of Virginia Press, 2008, p. xii.

21 Richard J. Smith, *Fathoming the Cosmos and Ordering the World: The Yijing (I-Ching, or Classic of Changes) and its Evolution in China*, Charlottesville and London: University of Virginia Press, 2008, pp. 7-30.

对分组显示了《易经》基本文本的六十四卦是如何构成的：在六十四卦的五十六卦（二十八对）中，原理是卦变，就像每对中的两个卦中的一个被颠倒过来一样从而创造出另一个；在剩余的八个卦中，其原理则是将所有爻转为其对立面。也就是说，每一对都基于两个结构原理中的一个原理而构成。官方正式认可的《易经》版本的第二个显著特点是它拥有一组被统称为"十翼"的注疏。这些注疏可以追溯到不同时期，但是都被认为是汉代早期经典的一个组成部分。这便是通行本《易经》。不过，根据出土文献，除了通行本《易经》外，尚有其他多种版本，如王家台《易经》、阜阳《易经》、上博《易经》和马王堆帛书《易经》等等。[22]

再次，司马富详细考察了《易经》注疏史。他研究了汉代《易经》研究方法，认为它有几大特点：一是区分了今文学派和古文学派[23]；二是《易经》研究中象数学派的确立[24]；三是确定了历算与《易经》之间的关联，京房在这方面的贡献不少，如卦气说、纳甲、八宫[25]；四是伪书的兴起与《易纬》的盛行——伪书旨在补充儒家经典，提供与其内容和关注对象相关的信息，以及当时今文在宇宙论、占星术、音乐、医学、占卜和其他"技术"科目中的兴趣，《易纬》主要包括八种，其中最有名的有《乾凿度》和《河图洛书》[26]；五是后汉易学家蜂起，各擅胜场，如郑玄的意义导向（meaning-oriented）方法（即义理学派），用宽广的笔触总结复杂的文本，避免了汉初易学研究的弊端：定义简短，但章句（long annotation）可能只关注少数几个字或几行爻辞，他研究《易经》的礼仪导向（ritual-oriented）法让更多根据"不易"而不是"变易"

22 Richard J. Smith, *Fathoming the Cosmos and Ordering the World: The Yijing（I-Ching, or Classic of Changes）and its Evolution in China*, Charlottesville and London: University of Virginia Press, 2008, pp. 31-56.

23 Richard J. Smith, *Fathoming the Cosmos and Ordering the World: The Yijing（I-Ching, or Classic of Changes）and its Evolution in China*, Charlottesville and London: University of Virginia Press, 2008, pp. 58-59.

24 Richard J. Smith, *Fathoming the Cosmos and Ordering the World: The Yijing（I-Ching, or Classic of Changes）and its Evolution in China*, Charlottesville and London: University of Virginia Press, 2008, pp. 60-61.

25 Richard J. Smith, *Fathoming the Cosmos and Ordering the World: The Yijing（I-Ching, or Classic of Changes）and its Evolution in China*, Charlottesville and London: University of Virginia Press, 2008, pp. 62-77.

26 Richard J. Smith, *Fathoming the Cosmos and Ordering the World: The Yijing（I-Ching, or Classic of Changes）and its Evolution in China*, Charlottesville and London: University of Virginia Press, 2008, pp. 77-82.

来进行研究，他也因其爻辰说而名闻易学界，另外荀爽、虞翻等在易学研究中也有其应有的地位，对后世易学研究具有深远影响。[27]

　　他也考察了从六朝到唐代的易学研究。从汉帝国的正统观念解放出来后，六朝的中国学者自由地沉入到清谈（pure conversations）中，开始探索玄学（abstruse learning）或"新道家"，结果便是中国学术一个趋势的肇始：玄学研究的开启。尽管《四库全书》的编辑后来将其描述为"混乱"和"不系统"，但这也极具创造性和吸引力。这也是《易经》诠释学成为"古典传统和整个中世纪知识文化转变和变化的晴雨表"的一个时代。[28]王弼便是玄学的先驱，依靠大多数汉代学术，特别是像郑玄、荀爽和虞翻这些东汉诠释者的学术成果，王弼发展出了一种对《易经》的反传统方法，这种方法被称为义理学派。在此后几百年里，它从根本上塑造了经典学术。[29]六朝时期佛教和道教的传播给《易经》带来了许多新的、可能的解释空间。与此同时，《易经》为新兴的信仰体系提供了象征性资源和哲学理由。从这时起，像儒家一样，佛教和道教的拥护者越来越多地将《易经》作为它们自己的经典，并且《易经》开始以新的、持久的方式影响中国的诗歌、散文和艺术。[30]也就是说，《易经》在佛、释、道三教中融合了，成为三教共同的理论基础。

　　他还考察了宋代的易学研究。司马富指出，自宋代开始，《易经》在中国历史上得到的学术关注度超过任何其他儒家经典。[31]宋代的易学研究颇具创新性，它非常反传统，如胡瑗对孔颖达《周易正义》的批判，进而影响了程颐与朱熹，再如欧阳修在其著作《易童子问》中质疑"孔子作十翼"的说

27　Richard J. Smith, *Fathoming the Cosmos and Ordering the World: The Yijing（I-Ching, or Classic of Changes）and its Evolution in China*, Charlottesville and London: University of Virginia Press, 2008, pp. 82-88.

28　Richard J. Smith, *Fathoming the Cosmos and Ordering the World: The Yijing（I-Ching, or Classic of Changes）and its Evolution in China*, Charlottesville and London: University of Virginia Press, 2008, p. 89.

29　Richard J. Smith, *Fathoming the Cosmos and Ordering the World: The Yijing（I-Ching, or Classic of Changes）and its Evolution in China*, Charlottesville and London: University of Virginia Press, 2008, pp. 89-90.

30　Richard J. Smith, *Fathoming the Cosmos and Ordering the World: The Yijing（I-Ching, or Classic of Changes）and its Evolution in China*, Charlottesville and London: University of Virginia Press, 2008, p. 90.

31　Richard J. Smith, *Fathoming the Cosmos and Ordering the World: The Yijing（I-Ching, or Classic of Changes）and its Evolution in China*, Charlottesville and London: University of Virginia Press, 2008, p. 113.

法。[32]宋代易学还重视宇宙论和易图的研究，如欧阳修和陈抟的易学研究。[33]
陈抟而后，北宋易学蓬勃发展，涌现了许多杰出的易学家和易学著作，如刘
牧的《易数钩隐图》[34]、邵雍《皇极经世书》运用命数推卜的机械技术而非正
统的占卜[35]、周敦颐的《太极图说》和《通书》等。周敦颐是宋代"道学"或
"新儒学"的先驱，其易学研究家的声誉基于两方面：其一，他是宋代最有
名的两位学者程颢和程颐的老师；其二，他的宇宙论在其著作《太极图说》
和《通书》中得以体现，对南宋的朱熹影响至深。[36]二程和朱熹的学术研究史
称"程朱"学派（理学）。二程最有名的易学著作是程颐的《伊川易传》，这
项极具影响力的著作反映了激烈的派系斗争和反映其时空的学术观点之间的
尖锐分歧：程颐与北宋易学研究中几位主要人物的私人关系，不仅包括周敦
颐、胡瑗、张载和司马光，也包括其政治死敌王安石，以及谊兼敌友的苏轼。
两宋转折期，另一位杰出的象数学派易学家朱震，其老师谢良佐便是程颐的
学生，极为敬重程颐，尽管他对汉代的关联性（思维）系统和占卜技术更为
感兴趣。邵雍认为数先于象，而朱震则深信象先于数。[37]南宋易学研究集大成
者为朱熹，其主要易学著作为《周易本义》和《易学启蒙》，其易学贡献主要
在于综合了其先驱北宋易学研究及此前的所有易学研究的成果，其宇宙论主
要牵涉如下主要变量：太极、阴阳的宇宙力量、五行、理和气。简而言之，朱
熹的主要观点是太极产生了阴阳的宇宙力量，是"理"的来源（和总和），与

32　Richard J. Smith, *Fathoming the Cosmos and Ordering the World: The Yijing（I-Ching, or Classic of Changes）and its Evolution in China*, Charlottesville and London: University of Virginia Press, 2008, pp. 113-114.

33　Richard J. Smith, *Fathoming the Cosmos and Ordering the World: The Yijing（I-Ching, or Classic of Changes and its Evolution in China*, Charlottesville and London: University of Virginia Press, 2008, pp. 114-120.

34　Richard J. Smith, *Fathoming the Cosmos and Ordering the World: The Yijing（I-Ching, or Classic of Changes）and its Evolution in China*, Charlottesville and London: University of Virginia Press, 2008, p. 120.

35　Richard J. Smith, *Fathoming the Cosmos and Ordering the World: The Yijing（I-Ching, or Classic of Changes）and its Evolution in China*, Charlottesville and London: University of Virginia Press, 2008, pp. 120-124.

36　Richard J. Smith, *Fathoming the Cosmos and Ordering the World: The Yijing（I-Ching, or Classic of Changes）and its Evolution in China*, Charlottesville and London: University of Virginia Press, 2008, pp. 120-124.

37　Richard J. Smith, *Fathoming the Cosmos and Ordering the World: The Yijing（I-Ching, or Classic of Changes）and its Evolution in China*, Charlottesville and London: University of Virginia Press, 2008, pp. 127-132.

"气"结合在一起构成了所有现存的现象。[38]朱熹在学术上的主要对手是陆象山，陆象山的主要易学著作是《易数》，讨论源自《大传》和其他早期易学文本的各种数系统和关联性系统，他强调冥想和人心内在的善。这与朱熹的观点迥异，因为朱熹强调学习，强调必须通过观察而从外部来理解"理"。[39]

他同样考察了元明两代的易学研究。元代学术的开放性在易学研究上主要体现在三个方面：一是易类，二是数术类，三是道家类。元代最有影响的易学家是吴澄，其易学研究受道家的影响，企图超越传统新儒学的二元论，而调停朱熹和陆象山的不同观点，强调刻苦钻研、个人体验和创造性诠释。[40]明朝学者对《易经》的研究兴趣骤增，有超过六百多部重要的易学著作问世。[41]其中，来知德的易学研究成就很高，被人称赞写出了"《易经》的绝学"，其成就主要体现在他累积三十年刻苦钻研之功而撰就的《周易集注》。来知德的基本本体论假设是所有现象都是"气象"，但是所有这些都符合反映在数中的周期性发展和行为之理；对来知德而言，有两个非常重要的易学概念：错卦和综卦。就"错卦"而言，通过"卦变"（interchanging），两卦之间的联系变得明显；而就"综卦"原则而言，象征联系往往更易于辨别。来知德也运用一种称为"大象"的诠释系统，进而扩展了他本已充足的象征性可能的储藏库。[42]晚明一个特别突出的特点是王阳明心学的流行，这种研究伦理知识的"本能"方法强调了人类"致良知"的内在能力。[43]

---

38 Richard J. Smith, *Fathoming the Cosmos and Ordering the World: The Yijing（I-Ching, or Classic of Changes）and its Evolution in China*, Charlottesville and London: University of Virginia Press, 2008, pp. 133-134.

39 Richard J. Smith, *Fathoming the Cosmos and Ordering the World: The Yijing（I-Ching, or Classic of Changes）and its Evolution in China*, Charlottesville and London: University of Virginia Press, 2008, pp. 136-137.

40 Richard J. Smith, *Fathoming the Cosmos and Ordering the World: The Yijing（I-Ching, or Classic of Changes）and its Evolution in China*, Charlottesville and London: University of Virginia Press, 2008, pp. 140-144.

41 Richard J. Smith, *Fathoming the Cosmos and Ordering the World: The Yijing（I-Ching, or Classic of Changes）and its Evolution in China*, Charlottesville and London: University of Virginia Press, 2008, p. 157.

42 Richard J. Smith, *Fathoming the Cosmos and Ordering the World: The Yijing（I-Ching, or Classic of Changes）and its Evolution in China*, Charlottesville and London: University of Virginia Press, 2008, pp. 160-165.

43 Richard J. Smith, *Fathoming the Cosmos and Ordering the World: The Yijing（I-Ching, or Classic of Changes）and its Evolution in China*, Charlottesville and London: University of Virginia Press, 2008, p. 167.

他指出，清朝易学研究的一个特点是，官方支持严格依据程颐和朱熹的正统易学思想，而这种支持又因科举考试而极大地得到强化。[44]清初对晚明哲学思辨的反应有两种不同形式：其一来自于社会顶层，重申程—朱新儒学的正统观念；其二主要是来自社会底层，强调新的"实学"，也称"考据学"。这两种学术冲动之间精心的相互作用创造了一种智力环境，其特征一方面是语文学的严谨和批判性的探究；另一方面，有点自相矛盾的是，出现了令人惊讶的折衷主义和适应政策。因此，清代思想家经常在理学派与象数派之间存在尖锐对立，或者他们模糊于汉学与宋学之间。[45]司马富还指出，顾炎武是考证学派的先驱，是朱熹易学的追随者。清朝早期，另两位易学巨子是黄宗羲和王夫子，其易学观点极为相似，均尊崇刘宗周的易学研究而反对程—朱易学，认为"理"和"气"是"一物而两名"。黄宗羲尤以批评专制政府的著作《明夷待访录》而名闻于世，该书即得名于"明夷"卦。王夫之深受张载的影响，发展出了一套类似于来知德易学思想的卦变理论，如"错卦"和"综卦"；与顾炎武一样，王夫之对于朱熹思想的许多方面都心存景仰，但是他批评朱熹强调将《易经》视为一部卜筮之书。[46]康熙皇帝是《易经》的狂热崇拜者，所以他在位时，他与朝中许多大臣同享这种对《易经》的尊敬，尤其是大学士李光地更是如此。李光地通常被视为程—朱易学的维护者，但是宾夕法尼亚州立大学历史、亚洲研究和哲学教授伍安祖（On-cho Ng）明确指出李光地是位具有创造性、富有洞见的思想家，其"基于人性"的本体论部分启发于周敦颐和张载，关注人性，开创了重要而崭新的哲学基础。当然，李光地对易学研究最大的贡献是奉旨编纂《周易折中》。[47]这一部著作对于外国人研究《易经》具有举足轻重的地位，例如理雅各、卫礼贤等在翻译《易经》时都倚重这部著作。

44　Richard J. Smith, *Fathoming the Cosmos and Ordering the World: The Yijing（I-Ching, or Classic of Changes）and its Evolution in China*, Charlottesville and London: University of Virginia Press, 2008, p. 171.

45　Richard J. Smith, *Fathoming the Cosmos and Ordering the World: The Yijing（I-Ching, or Classic of Changes）and its Evolution in China*, Charlottesville and London: University of Virginia Press, 2008, p. 173.

46　Richard J. Smith, *Fathoming the Cosmos and Ordering the World: The Yijing（I-Ching, or Classic of Changes）and its Evolution in China*, Charlottesville and London: University of Virginia Press, 2008, pp. 173-176.

47　Richard J. Smith, *Fathoming the Cosmos and Ordering the World: The Yijing（I-Ching, or Classic of Changes）and its Evolution in China*, Charlottesville and London: University of Virginia Press, 2008, pp. 177-178.

　　康熙皇帝在位期间，清朝易学研究还有一个非常重要的特点是，一些耶稣会传教士尤其是白晋等对《易经》的解释。他们的福音派策略是将索隐派诠释学话语运用到中国，即通过文本分析来证明圣经预言的关键要素如何在中国古代经典中得以找到。[48]清朝后半叶见证了一批中国精干学者的易学研究，但是这些易学家中没有一个被认为是系统建设者，尤其不是创新思想家。惠栋就是其中一位，他追随毛奇龄的易学研究，但是他一般被人视为比毛奇龄更深刻的思想家，也被视为极为重视中国古代研究和汉学的清代学者。惠栋最著名的著作是《易汉学》，主要评价了五位主要汉代学者：孟喜、虞翻、京房、郑玄和荀爽。[49]江永比惠栋研究更广泛，他提供了一个特别引人入胜的例子，说明在中国帝国晚期可能存在的智力多样性：他是耶稣会天文学和数学的全心全意支持者，也是朱熹的忠实追随者；他是著名的考证学者，也是占卜的热心拥趸者。他最著名的易学著作是《河图精蕴》，研究范围极为广泛，从受考证影响的文本解释到医学、数学、占星术、地理学和各种卜筮系统，包括奇门遁甲和风水，无所不包。对江永而言，万物在《河图》和《洛书》中均有其渊源。[50]清朝中期杰出的学者戴震与江永的易学观不同，尽管他并没有专门的易学著作，但是他常常用《易经》来代表六经：他认为，治易后方能论"性"与"天道"，因为这二者都内蕴于六经中。[51]刘一明则因其援道家思想来解《易经》而名闻于世，其著作名为《周易阐真》，他认为《易经》并非卜筮之书，而是一部深刻的哲学著作，认为《易经》本为"穷理尽性以至于命"之学。[52]其他重要的易学家如章学诚、张惠言、焦循、王

48 Richard J. Smith, *Fathoming the Cosmos and Ordering the World: The Yijing（I-Ching, or Classic of Changes）and its Evolution in China*, Charlottesville and London: University of Virginia Press, 2008, p. 179.

49 Richard J. Smith, *Fathoming the Cosmos and Ordering the World: The Yijing（I-Ching, or Classic of Changes）and its Evolution in China*, Charlottesville and London: University of Virginia Press, 2008, pp. 183-184.

50 Richard J. Smith, *Fathoming the Cosmos and Ordering the World: The Yijing（I-Ching, or Classic of Changes）and its Evolution in China*, Charlottesville and London: University of Virginia Press, 2008, pp. 184-186.

51 Richard J. Smith, *Fathoming the Cosmos and Ordering the World: The Yijing（I-Ching, or Classic of Changes）and its Evolution in China*, Charlottesville and London: University of Virginia Press, 2008, p. 186.

52 Richard J. Smith, *Fathoming the Cosmos and Ordering the World: The Yijing（I-Ching, or Classic of Changes）and its Evolution in China*, Charlottesville and London: University of Virginia Press, 2008, pp. 186-187.

引之、杨仁山、吴汝纶、皮锡瑞和杭辛斋等均有深浅不一的论述。

　　司马富特别论述了"中国宇宙论的衰落"问题，他指出不是像皮锡瑞所宣称的那样，清朝晚期没人再相信《河图》和《洛书》；恰恰相反，从清朝到民国，这类基于象数的易图象的研究者众，其中多数为学者。[53]

　　司马富还将《易经》的研究延伸到了现代。与以前一样，20世纪中国的《易经》演进与中国和更大的跨国社区在此期间的变化方式有很大关系。新观念、新技术、新的政治、社会和经济制度和实践，以及新的认识方式给世界上几乎每个人带来了前所未有的挑战。与此同时，包括中国在内的世界许多地方一些长期的思维和行为方式都遭到质疑。[54]"中学为体、西学为用"的观念、新文化运动、德先生赛先生的引入以及新中国的破除迷信等均对易学研究具有深刻的意义。

　　司马富指出，清朝晚期与以前不同的是，在中国历史上，政治倡导者第一次试图将《易经》明确地与新的西方和日本知识来源联系起来。例如严复翻译赫胥黎的 On Evolution 为《天演论》，在其译例言中指出《易经》包含"名数格致"，并指出它提供了对诸如"物竞天择"这类科学过程的切实解释。此外，他用《易经》的语言阐述了他的伟大英雄、社会达尔文主义者赫伯特·斯宾塞的宇宙论和形而上学思想，斯宾塞谈到了现实由"不可知"的子宫中"演进"而出的各种现象。[55]1911年辛亥革命之后，清王朝灭亡，中华民国成立，《易经》也由此失去了由制度得以强化的经典地位和宇宙论权威地位。[56]1949年新中国建国后，港台还是延续民国的易学研究传统，而大陆学者如杨树达、郭沫若、顾颉刚、李镜池等易学家则在易学研究方面有很大的变化。原因有多方面，主要原因有两个：一是他们获得考古新发现的机会比港台学

53　Richard J. Smith, *Fathoming the Cosmos and Ordering the World: The Yijing（I-Ching, or Classic of Changes）and its Evolution in China*, Charlottesville and London: University of Virginia Press, 2008, pp. 192-193.

54　Richard J. Smith, *Fathoming the Cosmos and Ordering the World: The Yijing（I-Ching, or Classic of Changes）and its Evolution in China*, Charlottesville and London: University of Virginia Press, 2008, p. 195.

55　Richard J. Smith, *Fathoming the Cosmos and Ordering the World: The Yijing（I-Ching, or Classic of Changes）and its Evolution in China*, Charlottesville and London: University of Virginia Press, 2008, pp. 197-198.

56　Richard J. Smith, *Fathoming the Cosmos and Ordering the World: The Yijing（I-Ching, or Classic of Changes）and its Evolution in China*, Charlottesville and London: University of Virginia Press, 2008, p. 199.

者便利，二是政治因素。建国初期到 1978 年，《易经》研究均受到"破除迷信"的制约而没有大的发展，而从 20 世纪 80 年代开始的"易经热"，使得中西方的跨文化比较得到很大的发展，这是这一时期中国易学研究的一个显著特点，由此成中英等华裔学者的研究进入中国学术视野。[57]另一个特点是，世界范围的易学研究既开始关注其"科学"价值，也开始关注其心理学价值，如瑞士心理学家荣格受《易经》启发而提出了"同时性原理"等，利策马（Rudolf Ritsema，1918-2006）和卡彻（Stephen Karcher）以及中国学者申荷永均对荣格的心理学与《易经》之间的关系进行深入研究。[58]

很有意思的是，司马富还把《易经》作为文化自豪和灵感的源泉进行研究。首先，《易经》对中国语言、哲学和艺术都有巨大影响，亚洲和西方学者都认为《易经》深刻地影响了中国精英和其他大部分理解世界和表达其理解的方式。例如在早期《易经》文本里我们发现对有利于双关语（puns and double entendres）的押韵和同音异义的敏感性，以及倾向于将词语和概念配对使其具有相反或互补的意义，以赋予其关联性或相关性逻辑，这是中国传统思想的长期而不可或缺的特征。《易经》的数字和隐喻象征，连同其阴阳导向的"相关二元逻辑"，对中国人在论证中偏好使用寓言、类比以及数字和其他形式的关系象征主义作出了重大贡献。从哲学的角度来看，《易经》在中国的影响力超过任何其他儒家经典。首先，它建立了对中国传统宇宙论的概念性理解，也是大多数关于时空哲学讨论的出发点。其次，它对中国人对思想的持久强调作出了重大贡献，如"成为"优先"存在"、"事物"优先"事件"和"关系"优先"本质"。第三，《易经》的经卦和别卦提供了几乎无穷无尽的符号库，用于表示和解释从视觉艺术、音乐、文学到科学、医学和技术等人类经验的每一个领域。同时，《易经》为广大的中国思想家提供了不可或缺的哲学词汇。[59]中华帝国晚期，《易经》对审美的影响随处可见，从音乐、绘画、书

57 Richard J. Smith, *Fathoming the Cosmos and Ordering the World: The Yijing （I-Ching, or Classic of Changes） and its Evolution in China*, Charlottesville and London: University of Virginia Press, 2008, pp. 205-208.

58 Richard J. Smith, *Fathoming the Cosmos and Ordering the World: The Yijing （I-Ching, or Classic of Changes） and its Evolution in China*, Charlottesville and London: University of Virginia Press, 2008, pp. 208-217.

59 Richard J. Smith, *Fathoming the Cosmos and Ordering the World: The Yijing （I-Ching, or Classic of Changes） and its Evolution in China*, Charlottesville and London: University of Virginia Press, 2008, pp. 219-221.

法、诗歌和散文到插花、舞蹈、建筑设计、工艺生产甚至"饮食文化"莫不如此，它们或者是灵感的直接来源，或者是解释性的参考框架。《易经》的象征主义同样引发了艺术和文学批评。自然，《易经》也以各种各样的方式影响着中国文学，例如在刘勰的《文心雕龙》中，《易经》不仅为丽辞（即对偶）提供了一个特别强大的模型，这种模式在中国传统写作中总是很受欢迎，而且是几种主要散文类型包括论、说、刺和序等的特定起源。[60]此外，司马富还论及卜筮易、生活易和科学易等重要论题。[61]

对于司马富而言，《易经》作为中国经典，也是世界经典，享有与其他世界经典作品如《圣经》、《古兰经》和《吠陀经》一样重要的地位。只是，《易经》与这些世界经典的不同在于两方面：一是这些经典都以重要的宗教传统为基础，二是《易经》完全基于人类的自然观察。[62]

简而言之，司马富并非想就这一话题对《易经》的起源和发展进行全面而综合的研究，而是主要从清代的学术视角来探讨《易经》在中国的演进。而在清代，中国知识分子对于《易经》的理论和实务来自于两大创新：一是汉代易学研究范式，二是宋代易学研究范式。受考证学创新工具和批评视角的鼓励，清代学者研究《易经》的各种情况，检验旧理论，并发展出新的理论。基于这些考虑，在选择近三千年里人们如何看待并使用《易经》的例子时，司马富的主要思想是清代易学者和卜筮者认为它们重要与否；与此同时，司马富试图将这些例子放在更为广泛的历史视角中进行审视，避免像清代知识分子那样倾向于将其判断为与《易经》相关的某种确定的理论、实践和流派。[63]

司马富采用历时方法来研究《易经》在中国的演进，这种方法论证了易学研究如何随着时间的推移而与不同的解释策略和学派产生相互作用，有效地破

60　Richard J. Smith, *Fathoming the Cosmos and Ordering the World: The Yijing（I-Ching, or Classic of Changes）and its Evolution in China*, Charlottesville and London: University of Virginia Press, 2008, pp. 222-223.

61　Richard J. Smith, *Fathoming the Cosmos and Ordering the World: The Yijing（I-Ching, or Classic of Changes）and its Evolution in China*, Charlottesville and London: University of Virginia Press, 2008, pp. 226-240.

62　Richard J. Smith, *Fathoming the Cosmos and Ordering the World: The Yijing（I-Ching, or Classic of Changes）and its Evolution in China*, Charlottesville and London: University of Virginia Press, 2008, pp. 242-243.

63　Bent Nielsen, A Review on *Fathoming the Cosmos and Ordering the World: The Yijing（I-Ching, or Classic of Changes）and Its Evolution in China* by Richard J. Smith, *The Journal of Asian Studies*, Vol. 69, No. 1（FEBRUARY 2010）, p. 236.

除了将《易经》视为一种永恒而普遍的文献这种"不仅不充分而且误导"的看法；此外，所有中国思想家都对《易经》有某一方面或多方面的兴趣，不管是伦理学、形而上学、象数学，还是宇宙学。司马富的这部作品读起来就像一部中国知识分子史，认为"中国思想家传统中被归属的类别太过狭窄，因而无法容纳他们思想的全部范畴和丰富性"。在这部书中，司马富证明了大多数中国思想家如何将他们不同的思想融入到他们对《易经》的诠释中，并且证明了传统易学研究中的象数学派和义理学派之间的尖锐分歧是如何难以保持的。[64]

韩子奇（Tze-ki Hon）认为司马富的这部书有三大贡献。首先，在追溯《易经》通行本的年代及其经典化为儒家经典的年代时，司马富巧妙地利用最近的考古发现来证明除了儒家《易经》正统之外还有其他传统。如此一来，司马富使早期《易经》（也称《周易》）如何从占卜手册转变为道德和哲学典籍的图景变得复杂。其次，在他对《易经》注疏史的论述中，司马富对每一时期和每一种评论风格均予以同等注意。他重申了众所周知的内容，如汉代诠释者强调宇宙对应（即阴阳、五行等）、宋明两代注疏者评论家对道德—形而上学的关注。可以说，司马富为我们提供了最全面的英语评述。第三，在将他的研究延伸到现代时期时，司马富将注意力集中在《易经》与民族主义革命、文化偶像破坏和全球资本主义相遇的多变故事上。用《易经》的当代兴起来结束这部书时，司马富不仅强调了经典的多样性，而且突出了将《易经》转变为现代文本的好处和挑战。[65]

10.3 《易经》在他国的传播与影响

司马富的著作《〈易经〉别传》（*The I Ching: A Biography*）[66]分为两部分："《易经》的国内演进"（The Domestic Evolution of the *Yijing*）和"《易经》的跨国旅行"（The Transnational Travels of the *Yijing*）。第一部分包括三章：

64　Richard J. Smith, *Fathoming the Cosmos and Ordering the World: The Yijing（I-Ching, or Classic of Changes）and its Evolution in China*, Charlottesville and London: University of Virginia Press, 2008, pp. xi-xiii.

65　Tze-ki Hon, A Review on *Fathoming the Cosmos and Ordering the World: The Yijing（I-Ching, or Classic of Changes）and Its Evolution in China* by Richard J. Smith, *Philosophy East and West*, Vol. 62, No. 1（JANUARY 2012）, pp. 144-146.

66　Richard J. Smith. *The I Ching: A Biography*. Princeton, NY: Princeton University Press, 2012.

第一章《〈易经〉的创始》（Genesis of the *Yijing*）、第二章《经典的形成》（The Making of a Classic）和第三章《诠释〈易经〉》（Interpreting the *Yijing*）。这一部分可以说是司马富的重要著作《探寻宇宙和规范世界:〈易经〉及其在中国的演进》（*Fathoming the Cosmos and Ordering the World: The Yijing（I-Ching, or Classic of Changes）and Its Evolution in China*）的缩写，上一节已经简述过，这里不赘述。

第二部分主要探究《易经》的跨国旅行。这部分包括两章: 即第四章《〈易经〉在东亚》和第五章《〈易经〉的西方旅行》。《易经》的跨国旅行始于东亚: 朝鲜、日本和越南。《易经》进入日本不晚于公元 6 世纪，但直到 17 世纪人们对这部书才越来越感兴趣。从 1600 年的德川幕府开始到 1868 年德川幕府的垮台，论述《易经》的书超过一千本以上，这一数量不少于清朝那个时期论述《易经》的书籍总数，可是那时候中国清朝的人口约为日本的十五倍。[67] 由此可见，《易经》在日本的影响颇大。《易经》在日本之所以有如此大的影响，有它自身的原因。司马富指出，在一定程度上，日本人论述《易经》的爆发大致与中国当时的学术时尚有关。但它也有一个实际的政治层面的原因。从德川时代开始，《易经》被用来支持和扩大德川儒学。在德川早期，许多皇帝和幕府将军在《易经》中寻求精神和实践的指导。[68]

同样，《易经》在韩国的影响也是普遍存在的。由于这两个邻国的政府在 16 世纪初至 19 世纪末期都汲取了各种儒家的学术和统治传统，所以在所有精英话语中，《易经》占据了显著位置。与日本一样，它在韩国社会的各个层面都有广泛的应用，涉及语言、哲学、宗教、艺术、音乐、文学、科学、医学和社会习俗等领域。它在韩国的风水传统中也发挥了重要作用，就像在东亚其他所有地区一样。[69]《易经》在不晚于公元 4 世纪（有些人认为它早在几个世纪前就已经到达）传到了韩国，但直到朝鲜（Choson）时期（1392-1910），其影响才开始急剧蔓延。在大部分时间里，韩国政府坚定地支持以中国模式为基础的正统程—朱新儒学。但随着时间的推移，正如日本和越南一样，韩

---

67 Richard J. Smith. *The I Ching: A Biography*. Princeton, NY: Princeton University Press, 2012, p. 133.

68 Richard J. Smith. *The I Ching: A Biography*. Princeton, NY: Princeton University Press, 2012, p. 133.

69 Richard J. Smith. *The I Ching: A Biography*. Princeton, NY: Princeton University Press, 2012, pp. 141-142.

国学者接受了从宋朝到清朝在中国发展起来的所有哲学选择。而且，他们对《易经》发展做出了他们自己的独特解释。[70]

《易经》可能在到达韩国和日本的同时被引入越南，但在后黎朝（1428-1789）成立之前它并没有影响力。在此期间，程—朱新儒学成为国家正统，《易经》既是翰林院（Imperial College）的儒家经典，也是礼部的占卜手册。然而，即便如此，它在越南的考试制度中并没有占据特别重要的地位，而且很少有学生专门研究它。[71]与日本和韩国一样，越南后黎朝的《易经》学者可以获得关于《易经》的标准中国作品，如明朝的《周易传义大全》（*Great Comprehensive Compilation of the Zhou Changes*）和清代的《周易折中》（*Balanced Compendium on the Zhou Changes*）。大多数此类作品在 18 和 19 世纪期间在越南出版，并且都反映了基于程—朱新儒学的正统观念。[72]

随着耶稣会传教士从中国返回，《易经》西游最终发生在 16 世纪后期。这些回归的耶稣会会士——最著名的是白晋——通过与《圣经》、《卡巴拉》（*Cabala* [Kabbala]）和各种天主教教义的比较，试图将《易经》在西方本土化。[73]司马富考察了西方《易经》各类译本，从最初的节译本《中国哲学家孔子》（*Confucius Sinarum Philosophus*）一直到阿莱斯特·克劳利（Aleister Crowley）的《易经》译本；司马富继续指出，从 20 世纪 60 年代开始，《易经》作为一种文化现象而不是反文化现象的影响在西方是持久的。[74]

《易经》在西方的影响非常巨大，为此司马富考察了具有世界性影响的一些著名学者、艺术家、建筑设计师等，他们受《易经》的影响而在西方文化界奠定了举足轻重的地位：从荣格的心理学到贝聿铭（I. M. Pei）的建筑，《易经》触及了现代西方文化的许多领域；编舞家摩斯·康宁汉（Merce Cunningham）和卡洛林·卡尔森（Carolyn Carlson）在《易经》中找到了灵感，著名作曲家如约瑟夫·豪尔（Joseph Hauer）、约翰·凯奇（John Cage）、乌多·

---

70 Richard J. Smith. *The I Ching: A Biography*. Princeton, NY: Princeton University Press, 2012, p. 142.

71 Richard J. Smith. *The I Ching: A Biography*. Princeton, NY: Princeton University Press, 2012, p. 151.

72 Richard J. Smith. *The I Ching: A Biography*. Princeton, NY: Princeton University Press, 2012, p. 152.

73 Christine A. Hale, A Review of *The I Ching: A Biography* by Richard J. Smith, *China Review International*, Vol. 19, No. 3（2012），p. 485.

74 Richard J. Smith. *The I Ching: A Biography*. Princeton, NY: Princeton University Press, 2012, pp. 180-194.

凯斯梅茨（Udo Kasemets）和詹姆士·坦尼（James Tenney）莫不如此；《易经》一直是威廉·利特菲尔德（William Littlefeld）、埃里克·莫里斯（Eric Morris）、阿纳尔多·科恩（Arnaldo Coen）、阿图罗·里维拉（Arturo Rivera）、奥古斯托·拉米雷斯（Augusto Ram í rez）和菲利普·埃伦伯格（Felipe Erenberg）等人艺术中的一个重要元素，也是大部分西方作家包括美国著名科幻小说家菲利普·迪克、美国著名诗人艾伦·金斯堡（Allen Ginsberg，1926-1997）、墨西哥著名诗人奥克塔维奥·帕斯（Octavio Paz，1914-1998）、德国著名作家赫尔曼·黑塞、法国作家雷蒙·格诺（Raymond Queneau，1903-1976）和阿根廷著名作家博尔赫斯（Jorge Luis Borges，1899-1986）的写作中一个重要元素；风水和中医（TCM）的实践近几十年来在世界范围内引起了非常多的关注，它们的概念源于《易经》，并从中衍生出大量的分析和象征词汇。[75]

小结

韩子奇指出，21世纪前后二十来年里，《易经》研究经历了研究范式的转变：学者们不再将《易经》视为含有永恒智慧的宝典，而是将《易经》视作一个经过编辑、经典化和注释而随着时间的推移而得以发展的开放文本。这种新研究范式的基础就是《易经》的多维阐释空间。说它多维，有两重意义：一在于其文本本体，它包含视觉图像（经卦和别卦）、文字文本（卦辞和爻辞）以及早期的注疏材料（"十翼"）；二在于其接受，因为它产生了保存于儒家、道教和佛教经典中的成百上千种注疏。而这种范式转变研究中，最为关键的学者就是司马富。[76]由此，可见司马富易学研究的世界性意义。

司马富在其著作中，尤其是他的几部易学研究专著中，系统地梳理了《易经》在中国的演进，也追踪了《易经》在中国以外地区的演进，从而从一定程度上确认了《易经》在世界文化中的重要地位。由此，司马富奠定了他在世界易学研究中的举足轻重地位。可以说，他的研究不仅在西方世界具有非常重要的影响，而且在中国易学界也值得关注和深入研究。

75 Richard J. Smith. *The I Ching: A Biography*. Princeton, NY: Princeton University Press, 2012, pp. 10-11.
76 Tze-ki Hon, A Review on *Fathoming the Cosmos and Ordering the World: The Yijing (I-Ching, or Classic of Changes) and Its Evolution in China* by Richard J. Smith, *Philosophy East and West*, Vol. 62, No. 1（JANUARY 2012），pp. 144-145.

第十一章　返本溯源:《易经》英译研究趋势的五个面向

引言

作为"六经之首"，《易经》已经成为西方世界翻译和研究得最多的中国经典。西方世界第一次提及《易经》，可以追溯到耶稣会传教士。林金水（1946-）认为利玛窦（Matteo Ricci, 1552-1610）是西方阅读《易经》的第一人，而且他也可能是西方接触到《易经》的第一人。[1] 利玛窦的学生金尼阁（Nicolas Trigault, 1577-1628）在《中国智慧》（*Pentabiblion Sinense*）一书中第一次绍介《易经》并翻译了《易经》的部分内容。可惜，此书已散佚[2]，因此我们无从得知金尼阁到底翻译了哪些内容。1642 年，《易经》的书名用葡萄牙语翻译为"Yekim"[3]。卫匡国（Martino Martini, 1614-1661）也将此书介绍到西方并翻译了一些术语如 Yeking（易经）、Yn（阴）、Yang（阳）、principia（太极）、signa quatuor（四象）和 octo formas（八卦）等，也介绍了六十四卦卦图，尽

1　林金水，"《易经》传入西方史略"，《文史》（第二十九辑），北京：中华书局，1988 年，第 367 页。

2　Claudia von Collani. The First Encounter of the West with the *Yijing*: Introduction to and Edition of Letters and Latin Translations by French Jesuits from The 18th Century. *Monumenta Serica*, 2007, Vol. 55（2007），n. 14, p. 233.

3　Álvaro Semedo. Imperio de la China. I Cultura Evangelica en èl, por los Religios de la Compañia de Iesus. Madrid: Iuan Sanchez, 1642, p. 75.

管他没有写出每一卦的卦名[4]，这比 1687 年出版的《中国哲学家孔子》[5]上的介绍早了 27 年。安文思（Gabriel de Magalhães, 1610-1677）也于 1668 年在《中国新史》一书中介绍了"五经"（*V kim*）、"易经"（*Ye kim*）和孔夫子（*Cùm fú cius*）。[6]康达维（David R. Knechtges, 1942-）认为刘应（Claude de Visdelou, 1656-1737）是将《易经》译为欧洲语言（拉丁文）的第一人，尽管他只翻译了第十五卦，刘应的贡献是创译了《易经》中的两个重要术语，用"trigramme"表示经卦，而用"hexagramme"表示别卦。[7]

雷孝思（Jean-Baptiste Régis, 1664-1738）于 1736 年第一次将《易经》全译为欧洲语言，但是这一译本直到 1834-1839 年间才得以出版。[8]雷孝思的翻译基于两位先驱：冯秉正（Joseph de Mailla, 1669-1748）和汤尚贤（Pierre-Vincent de Tartre, 1669-1724）。[9]1876 年麦丽芝牧师（Rev. Canon Thomas McClatchie, 1813-1885）第一次用英语全译《易经》，但是该译本并非通行。费拉斯特（Paul-Louis-Felix Philastre, 1837-1902）于 1885 年和 1893 年发表了《易经》法译本，采用了程颐（1033-1107）和朱熹（1130-1200）的注疏。1889 年哈雷兹（Charles-Joseph de Harlez, 1832-1899）发表了从满族语转译为法语的《易经》，这一译本 1896 年由埃雷默（Jean-Pierre Val d'Eremo）从法语又转译为英语。[10]

除了《易经》的翻译之外，白晋（Joachim Bouvet, 1656-1730）对《易经》的索隐式解读，莱布尼茨（Gottfried Wilhelm von Leibniz, 1646-1716）明显受《易经》启发而创立的二进制原理[11]，都大大地促进了《易经》在西方的影响。

---

4 Martino Martini. *Sinicae Historiae decas prima, Res à gentis Origine ad Christum natum in extrema Asia, sive Magno Sinarum Imperio gestas complexa.* Amstelædami: Joannem Blaev, 1659, pp. 14-18.

5 Prosperi Intorcetta et al. *Confucius Sinarum Philosophus, Sive, Scientia Sinensis Latine Exposita.* Paris: Apud Danielem Horthemels, 1687, p. xliv.

6 Gabriel de Magalhães. *Nouvelle Relation de la Chine, Contenant la Description des Particularitez les plus Considerable de ce grand Empire.* Paris: C. Barbin, 1688, pp. 110-121.

7 David R. Knechtges. The Perils and Pleasures of Translation: The Case of the Chinese Classics. *Tsing Hua Journal of Chinese Studies*, 2004, p. 126.

8 Jean-Baptiste Régis. *Y-king, Antiquissimus Sinarum Liber Quem ex Latina Interpretatione.* Vol. I. editit Julius Mohl. Stuttgartiae et Tubingae. 1834, p. xi.

9 Ibid., p. xv.

10 David R. Knechtges and Taiping Chang. *Ancient and Early Medieval Chinese Literature: A Reference Guid（Part Three）.* Leiden & Boston: Brill. 2014, p. 1894.

11 James A. Ryan. Leibniz' Binary System and Shao Yong's "Yijing". *Philosophy East and West.* Jan., Vol. 46, No. 1, 1996, pp. 59-90.

上文提及的《易经》的拉丁文、法文、德文和其他欧洲语言的翻译和研究肯定在将《易经》推向西方/世界的过程中，发挥了其不可忽视的作用。但是，在《易经》传向西方/世界的过程中，最重要的作用是由 1876 年麦丽芝牧师第一部《易经》全译本以来所有《易经》英译所发挥的。

11.1 中国传统权威注疏：理解和翻译《易经》的隐形线索

《易经》英译甫一开便达到一个顶峰。1876 年，麦丽芝牧师翻译出版包括经传的《易经》全译本，拉古贝里（Terrien de Lacouperie, 1844-1894）的《易经》部分译文 1892 年发表。拉古贝里称《易经》为中国最古老的书，视其为一部神秘的典籍。[12]

1882 年，著名的英国新教伦敦布道会（London Missionary Society）传教士理雅各（1815-1897）出版了他全译的《易经》，该译本现在已被视为一部具有划时代意义的译本。尽管这一译本比麦丽芝牧师的译本晚出，但是在整个《易经》英译史上，它一出版便臻至《易经》英译的第一次巅峰，并使麦丽芝牧师的《易经》译本黯然失色而终至于湮没无闻。在 1950 年贝恩斯夫人（Cary F. Baynes, 1883-1977）将卫礼贤（1873-1930）德译《易经》（简称"卫/贝译本"）转译为英语之前，理雅各的译本是最有影响，阅读得最多的《易经》英译本。

值得注意的是，理雅各早在 1854 年就开始了翻译这部典籍，但是因为他认为他对于这部书的范畴和方法所知甚少，所以他译完后就将其搁置一旁，希翼有朝一日他能够把握"一个引导他理解这部神秘经典的线索。"直到 1874 年，他才开始觉得自己把握了这一线索。可惜的是，1870 年他的《易经》译本在红海遭水浸泡而至损毁，因此他不得不重译《易经》。[13]他认同 1715 年由康熙皇帝敕制、由大学士李光地主纂的《御制周易折中》中的观点，即《周易》本经自身是完整的，应该将经传分离。[14]1682 年的《日讲易经解义》和 1715 年的《御制周易折中》是理雅各在翻译时经常参考的两部主要参考书。他说：

---

12 Lacouperie, Terrien de. The Oldest Book of the Chinese（the Yh-King）and Its Author. *Journal of Royal Asiatic Society of Great Britain and Ireland*. Vol. 14, 1882, p. 784.

13 James Legge. *The Yi King*（*The Texts of Confucianism* from *Sacred Books of China*, Vol. 16, Part II）. Oxford: Clarendon Press. 1882, p. xiii.

14 James Legge. *The Yi King*（*The Texts of Confucianism* from *Sacred Books of China*, Vol. 16, Part II）. Oxford: Clarendon Press. 1882, pp. xiii-xiv.

我没有得到能干的本土学者的帮助，尽管这种帮助在我埋首翻译其他典籍时能够节约时间，也会很有价值。然而，这种帮助的缺乏，在某些方面由于《易经日讲解义》而得到了极大的补偿。[15]

我也非常感谢……本朝1715年首版的伟大的《御制周易折中》。我一般将这些作者称之为康熙皇帝的编辑。他们关于《易经》文本意义的无数讨论和由此而进行的巧妙决策，意义深远，因此而将《易》诠释提升到了科学的地步。[16]

从上述两则引文，我们可以清楚地知道《御制周易折中》和《日讲易经解义》这两部书对于理雅各《易经》翻译是多么重要。

1950年，理雅各的《易经》译本受到卫/贝译本的挑战。卫/贝译本最初由卫礼贤于1924年从中文译为德语，后由贝恩斯夫人于1950年转译为英语。跟理雅各一样，卫礼贤《易经》德译本的主要底本也是在1715年的《御制周易折中》。[17]

1990年以来，《易经》英译达到了另一个顶峰，两个事实可以对此予以证明：一是越来越多的《易经》英译本出版了，二是英语世界《易经》英译者开始将其翻译建基于一个个《易经》研究者，如王弼、程颐和朱熹等。林理彰的《易经》译本是以王弼的《周易注》为底本（1994）；克利瑞（Thomas Cleary，1949-）的译本以《程氏易传》为底本（1995）；艾周思分别翻译了朱熹的《易学启蒙》（2002）和《周易本义》（2019）；赫仁敦（L. Michael Harrington）翻译了程颐的《程氏易传》（2019），等等。夏含夷的翻译则不同，因为他翻译的是马王堆帛书《易经》，并且附上了李镜池解释的《易经》传世文本。[18]

不管怎样，上文提及的翻译都是基于中国历史上《易经》演进中出现的不同权威注疏。在早期阶段，诸如理雅各和卫礼贤[19]等译者都依赖《易经》集

15　James Legge. *The Yi King*（*The Texts of Confucianism* from *Sacred Books of China*, Vol. 16, Part II）. Oxford: Clarendon Press. 1882, p. xx.

16　James Legge. *The Yi King*（*The Texts of Confucianism* from *Sacred Books of China*, Vol. 16, Part II）. Oxford: Clarendon Press. 1882, p. xxi.

17　Richard Wilhelm. *The I Ching or Book of Changes, the Richard Wilhelm Translation rendered into English by Cary F. Baynes*. Princeton: Princeton University Press. 1975, p. 257 n. 2.

18　李伟荣，"夏含夷与易学研究——兼及典籍翻译与中国文化国际影响力之间的辩证关系"，《外语学刊》，2020年第4期，第93页。

19　有论者指出，有关卫礼贤《易经》译本采用的底本：一是俄国医学家舒茨基（Юлиан

释如《御制周易折中》等进行翻译;发展到后来,尤其是 1990 年以来,随着这些译者对《易经》诠释史有更好的把握之后,他们便直接翻译王弼、程颐和朱熹等研究者个人的《易经》注疏作品。

11.2 中国易学家的翻译参与:推进《易经》英译的主体因素

中国许多博学的《易经》学者对于世界上《易经》的翻译做出了巨大贡献。王韬(1828-1897)对理雅各翻译《中国经典》尤其是《易经》贡献良多。

同时,理雅各也提到一位熟读诗书的无名学者。理雅各通过一位在广东的朋友购买到这位学者手里的一本书,这位学者在书中所做的批注对他翻译时更好地理解原著有很大帮助。"从他的句读、笺注和眉批可以跟着他的思路,耐心地得知他对难解段落意义的理解。"[20]正如李齐芳(Chi-fang Lee)所指出的,理雅各翻译《论语》《大学》《中庸》和《孟子》得到黄胜、罗祥两人的帮助,而翻译其他《中国经典》时,尤其是《易经》,得到王韬的帮助。[21]王韬在儒学经典方面曾著有十部著作,包括一部《周易集释》。[22]

Константинович Шуцкий)主张来自朱熹的《周易本义》;二是郭汉城主张《御制日讲易经解义》参考得多,而非通常认为的《御纂周易折中》;三是德国汉学家郝爱礼(Erich Hauer)不认为卫礼贤以《日讲》作为翻译底本;四是康达维(David R. Knechtges)主张卫礼贤兼采《御纂周易折中》和《御纂周易述义》([清]傅恒、汪由敦等奉敕修撰)作为翻译底本;五是蔡郁焄经过考察,主张卫礼贤以《周易本义》和《御纂周易折中》"卦主"的说法为主。详见蔡郁焄,卫礼贤、卫德明父子《易》学研究——天地人合一之思想,台北:台湾师范大学国文系博士论文,2014 年,第 91、118-121 页。不过,从德国汉学家魏汉茂(Hartmut Walravens)和 Thomas Zimmer 所编辑的 Richard Wilhelm(1873-1930): Missionar in China und Vermittler chinesischen Geistesgutes 一书来看,似乎蔡郁焄所做的结论有可商榷之处,因为卫礼贤似乎没有朱熹《周易本义》这一藏书。详见 Hartmut Walravens & Thomas Zimmer eds. *Richard Wilhelm (1873-1930): Missionar in China und Vermittler chinesischen Geistesgutes*. Nettetal: Steyler Verlag, 2008. pp. 201-235.

20 James Legge. *The Yi King*(*The Texts of Confucianism* from *Sacred Books of China*, Vol. 16, Part II). Oxford: Clarendon Press. 1882, pp. xx-xxi.

21 Chi-fang Lee. Wang T'ao(1828-1897): His Life, Thought, Scholarship, and Literary Achievement. The University of Wisconsin, PhD. Dissertation. 1973, p. 233.

22 Chi-fang Lee. Wang T'ao(1828-1897): His Life, Thought, Scholarship, and Literary Achievement. The University of Wisconsin, PhD. Dissertation. 1973, pp. 122, 240.

同样的，卫礼贤也得到很多中国学者的帮助，尤其是邢克昌和劳乃宣（1843-1921）的帮助。邢克昌帮助他理解和翻译《论语》和《诗经》等儒家典籍[23]，而劳乃宣则帮助他理解和翻译《易经》。（Smith 2012: 31）从他的自传中所描述的翻译过程来看，我们可知劳乃宣在帮助他翻译《易经》时所起的巨大作用：

> 劳老师建议我翻译《易经》……随之我们进行这部书的翻译。我们准确地翻译。他用中文解释，我记笔记。然后我自己将其翻译为德语。然后，我不看原文而将德语译文又译回到中文，他再对其进行比较以确认我的翻译在各种细节方面都准确。随后，我们又审视德语译文以完善译文的风格，这些都讨论得非常详细。最后，我又写出三四种译文，附上最重要的注疏。[24]

卫礼贤承认他们翻译得准确，是因为他与劳乃宣之间合作无间，而且劳乃宣掌控着卫礼贤将《易经》译为德语的正确方法。对于翻译而言，这种合作无间的翻译方式是完美的，因为劳乃宣是易学大家，而卫礼贤是德语专家。在此，我们能够清楚地看到卫礼贤和劳乃宣的翻译过程，而我们无法知悉理雅各和王韬之间的合作情况，因为理雅各并未描述他是如何在王韬的帮助之下翻译《易经》的。

夏含夷翻译马王堆帛书《易经》是，他也得到了中国当代杰出学者如裘锡圭（1935-）、陈鼓应（1935-）[25]、爱新觉罗毓鋆（1906-2011）、张政烺（1912-2005）和李学勤（1933-2019）等的诸多帮助。[26]

孔士特的《易经》翻译则得到了李镜池、高亨（1900-1986）、王力（1900-1986）和楼宇烈（1934-）等学者的帮助。[27]

---

23 蒋锐，"卫礼贤汉学生涯的三个阶段"，见孙立新、蒋锐主编，《东西方之间：中外学者论卫礼贤》，济南：山东大学出版社，2004，第99页。

24 Richard Wilhelm. *The Soul of China*. trans. Reece, John Holroyd（with the poems translated by Arthur Waley）. New York: Harcourt, Brace and Company. 1928, pp. 180-181.

25 Edward L.Shaughnessy. *I Ching: The Classic of Changes*. New York: Ballantine Books. 1996, p. x.

26 李伟荣，"夏含夷与易学研究——兼及典籍翻译与中国文化国际影响力之间的辩证关系"，《外语学刊》，2020年第4期，第91页。

27 Richard A. Kunst, The Original *Yijing*: A Text, Phonetic Transcription, Translation, and Indexes, with Sample Glosses, PhD. diss. in Oriental languages, University of California, Berkeley, 1985, p. xiii.

闵福德也提及他翻译和诠释《易经》尤其得益于三位注疏者。第一位是刘一明（1734-1821），"他从他作为全真道龙门派传人的生活经历中获得的洞见引入他对《易经》的解读。"[28]第二位是台湾当代哲学家和道教学者陈鼓应，他的注疏对于闵福德将《易经》翻译为英语助益甚多。第三位是香港中文大学营销学荣休教授闵建蜀（1935-）。[29]此外，其他诸如高亨、李镜池和闻一多（1899-1946）等学者及其相关著作对他的翻译也很有帮助。[30]

赫仁敦（L. Michael Harrington）翻译了程颐的《伊川易传》，与罗耀拉马利蒙特大学哲学教授王蓉蓉（Robin R. Wan）合作撰写了导论部分。王蓉蓉的本科阶段和硕士阶段共 7 年时间都是在北京大学度过的，曾在剑桥大学出版社出版专著《阴阳：中国思想文化中的天地之道》（*Yinyang: The Way of Heaven and Earth in Chinese Thought and Culture*, 2012），因此她是《易经》研究专家。

可见，在早期阶段，《易经》译者们的最佳选择是更多依赖中国易学家的诠释，例如理雅各和卫礼贤的翻译就是如此。后来，随着译者们对于《易经》的知识和理解得以拓展时，他们可以在需要时直接咨询中国易学家，夏含夷、孔士特和赫仁敦等的情况便属于这一类。

11.3 传世文献与出土文物相互印证：当代《易经》英译研究的重要方法

自从 1973 年位于湖南省长沙市的马王堆汉墓出土以来，其中的手抄本帛书《易经》吸引了国内外学者的目光，以至于引起了中国二十世纪八九十年代全民对《易经》的狂热追捧，称之为"易经热"。司马富指出，部分是由于中国大陆考古学的重大发现，新颖而具有创造性的《易经》研究在全国范围内引起了激烈的学术争议。[31]司马富继续指出，中外越来越多的学者逐渐认识

28　John Minford. *I Ching（Yijing）, The Book of Change: The Essential Translation of the Ancient Chinese Oracle and Book of Wisdom*. New York: Penguin. 2014, p. 5.

29　John Minford. *I Ching（Yijing）, The Book of Change: The Essential Translation of the Ancient Chinese Oracle and Book of Wisdom*. New York: Penguin. 2014, pp. 6-7.

30　John Minford. *I Ching（Yijing）, The Book of Change: The Essential Translation of the Ancient Chinese Oracle and Book of Wisdom*. New York: Penguin. 2014, p. 502.

31　Richard J. Smith. *Fathoming the Cosmos and Ordering the World: The Yijing（I Ching, or Classic of Changes）and Its Evolution in China*. Charlottesville and London: University of Virginia Press, 2008, p. 5.

到，《易经》在世界文学范围内应该享有更加突出的地位，不仅仅是文化好奇，而是它本身就是一部非凡的作品，是一部能够有助于我们理解"世界文学"范畴本身可能意味着什么的作品。[32]

　　自1970年代后随着中国的考古发现，我们对于《易经》及其相关问题的理解和思考都受到挑战，因为与之相关的时间和空间界限都得以重新描画，作者问题和编辑问题的属性都受到了质疑或揭穿，传统的知识联系由此得以解构，通常也从根本上得以重构。[33]

　　尼尔森（Bent Nielsen）指出，1900年代在中国甲骨骸骨的发现导致了对普通典籍尤其是《易经》的一种新的研究方法。这种新的研究方法通常被称为考据法或文本研究法，反过来意味着从依赖汉代的注疏转移到了对因研究甲骨文或青铜器文字而获得的语法、句法和词汇的诠释上来。[34]

　　中国当代杰出的早期中国文化史权威学者李学勤指出：

> 马王堆帛书的《周易》，有经有传。仔细考察，经文是在传统的始乾终未济的本子基础上，按照阴阳分宫的学说，重排为始乾终益的卦序；传文则不出于一时一手，且有许多错乱割裂之处。不难想见，汉文帝初年抄写的这个本子，源出自楚地某一易学家派。该派学者在秦火之后，掇拾残余，拼缀成书，不知费了多少辛苦，但所获简本散乱，恢复不易，《系辞》一篇即有相当部分被编入他篇。怎样割裂，怎样脱漏，现在可以看得很清楚。

　　从简帛中的经籍，我们认识到西汉时期经学的统绪要比过去由汉人记载中知道的复杂的多。比如上述帛书《周易》，就显然在田何一系之外。[35]

32　Richard J. Smith. *Fathoming the Cosmos and Ordering the World: The Yijing （I Ching, or Classic of Changes） and Its Evolution in China*. Charlottesville and London: University of Virginia Press, 2008, p. 5.

33　Richard J. Smith. *Fathoming the Cosmos and Ordering the World: The Yijing （I Ching, or Classic of Changes） and Its Evolution in China*. Charlottesville and London: University of Virginia Press, 2008, pp.7-8.

34　Bent Nielsen. *A Companion to Yijing Numerology and Cosmology: Chinese Studies of Images and Numbers from Han* 漢（202 BE - 220 CE）*to Song* 宋（960 - 1279 CE）. London & New York: RoutledgeCurzon. 2003, p. xvi.

35　李学勤，"新发现简帛佚籍对学术史的影响"，见陈鼓应主编，《道家文化研究》（第18辑），2008年，第4页。另外，根据司马迁的《史记·儒林列传》，"自鲁商瞿受易孔子，孔子卒，商瞿传易，六世至齐人田何，字子庄，而汉兴。田何传东武人王同子仲，子仲传菑川人杨何。……然要言易者本於杨何之家。"见司

夏含夷认可李学勤的论述，所以他在自己的著作中直接引用了李学勤的意见。[36]

从李学勤的论述至少可以得出三个结论：马王堆帛书《易经》的卦序与通行本的不同，其《系辞》与通行本的不同，也不属于田何这一派的《易经》。

孔士特将 1973 年出土的马王堆帛书《易经》视之为令人目炫的考古发现之一。[37]他认为，将 1973 年发现的马王堆帛书《易经》进行照相式的转写，可用于重构《易经》文本原本及其意义。[38]

夏含夷认为 1973 年湖南省长沙市马王堆 3 号汉墓的出土，很可能是继 1900 年敦煌 17 号洞穴的发现之后，早期中国抄本的最大发现。最重要的是，迄今为止《易经》的最早抄本是在 3 号墓中出土的。[39]因此，他翻译了世界上第一部马王堆帛书《易经》。而且，他也翻译了上海博物馆《周易》抄本[40]、王家台《归藏》竹简残本[41]、和阜阳《周易》抄本[42]。这些抄本每一部都有些

马迁，《史记·儒林列传》，北京：中华书局，2010 年，第 7172 页。有些易学家不同意李学勤的观点，例如，刘大钧认为"1973 年湖南马王堆汉墓出土的帛书《周易》六十四卦及传文《二三子》《系辞》《衷》《要》《缪和》《昭力》诸篇，其最最可贵之处，是它尘封两千余年，原封不动地保留了汉初隶写今文本原貌，而经我们考辨认定：此隶字《易》本，正是汉初田何所传之今文《易》本。"见刘大钧，"帛《易》与汉代今文《易》"，《儒家典籍与思想研究》，2009 年，第 1 页。夏含夷也认为帛书《易经》中的《系辞传》是《易经》通行本中唯一能够找到的注疏抄本。详见 Edward L. Shaughnessy. *I Ching: The Classic of Changes*. New York: Ballantine Books. 1996: 20.

36 Edward L. Shaughnessy. *Unearthing the Changes: Recently Discovered Manuscripts of the Yijing（I Ching）and Related Texts*. New York: Columbia University Press. 2014, p. 281.

37 Richard A. Kunst, The Original *Yijing*: A Text, Phonetic Transcription, Translation, and Indexes, with Sample Glosses, PhD. diss. in Oriental languages, University of California, Berkeley, 1985, p. iv.

38 Richard A. Kunst, The Original *Yijing*: A Text, Phonetic Transcription, Translation, and Indexes, with Sample Glosses, PhD. diss. in Oriental languages, University of California, Berkeley, 1985, pp. 604-611.

39 Edward L. Shaughnessy. *I Ching: The Classic of Changes*. New York: Ballantine Books. 1996, p. 14.

40 Richard A. Kunst, The Original *Yijing*: A Text, Phonetic Transcription, Translation, and Indexes, with Sample Glosses, PhD. diss. in Oriental languages, University of California, Berkeley, 1985, pp. 67-139.

41 Richard A. Kunst, The Original *Yijing*: A Text, Phonetic Transcription, Translation, and Indexes, with Sample Glosses, PhD. diss. in Oriental languages, University of California, Berkeley, 1985,. 171-187.

42 Richard A. Kunst, The Original *Yijing*: A Text, Phonetic Transcription, Translation, and Indexes, with Sample Glosses, PhD. diss. in Oriental languages, University of California, Berkeley, 1985, pp. 213-279.

不同，能够让我们知悉《易经》的发展及其传统：上博《周易》揭示出，早在公元前 300 年，《易经》本文实际上已经达到了其确定的形态；不管上博抄本是否表明《易经》文本到公元前 300 年相对广泛流通，王家台《归藏》抄本确实肯定显示了《易经》本文绝不是当时流通的唯一占筮文本；阜阳抄本则证实了传统观点，即《易经》源于占卜，并在占卜中得以发展。[43]

茹特认为"马王堆抄本鼓励我们阅读《周易》通行本时，要留意通假字和同音异义字；但是它最大的好处在于它似乎可能彰明《十翼》的历史。"[44] 而且，它也加强了"我们对古汉语的知识。"[45]

闵福德说"过去几十年里，越来越多书写在简帛上的《易经》早期不同版本和相关文本出土，已经打开了更为激进地重读甲骨文及其进化于其中的社会之门。"其中，"最著名的就是 1973 年长沙市马王堆出土的帛书抄本。"[46]

范多思（Paul G. Fendos, Jr.）也认为，最近考古发现确实为《易经》的起源至少提供了一些证据，解释了它的发展过程中猜测性年表的形成。[47]

11.4　义理和象数：《易经》英译史研究的两种路径

司马富指出，根据《四库全书总目提要》可知，《易经》研究分为两派：义理学派和象数学派。义理学派又分为老庄、儒理和史事三宗；而象数学派则又分为占卜、禨祥和易图三宗。前者主要涉及学术问题，而后者的方法则主要涉及占卜之事。[48]

43　Richard A. Kunst, The Original *Yijing*: A Text, Phonetic Transcription, Translation, and Indexes, with Sample Glosses, PhD. diss. in Oriental languages, University of California, Berkeley, 1985,　pp. 281-283.

44　Richard Rutt. *The Book of Change（Zhouyi）: A Bronze Age Document*. London & New York: Curzon. 2002, p. 37.

45　Richard Rutt. *The Book of Change（Zhouyi）: A Bronze Age Document*. London & New York: Curzon. 2002, p. 43.

46　John Minford. *I Ching（Yijing）, The Book of Change: The Essential Translation of the Ancient Chinese Oracle and Book of Wisdom*. New York: Penguin. 2014, p. 502.

47　Paul G. Fendos, Jr. trans. *The Book of Changes: A Modern Adaptation & Interpretation*. Wilmington, Delaware: Vernon Press. 2018, p. 6.

48　Richard J. Smith. Fathoming the *Changes*: the Evolution of Some Technical Terms and Interpretive Strategies in *Yijing* Exegesis. *Journal of Chinese Philosophy*. 40（S），2013a, pp. 156-157.

他又指出，在周朝的大部分时间里，《易经》只用于占卜。只有到了周朝末年，尤其是公元前二世纪时《易经》成了"儒学"经典之一，它就获得了智慧之书的声誉，即深刻的道德和形而上学的宝库。[49]因此，《易经》的各类外文译本就自然将其视为卜筮之书或智慧之书，或两者兼而有之。

卫礼贤认为，《易经》在世界文献中是无可争辩的最重要的经籍之一。一方面，从外表看，它是用作占卜的线性符号集；另一方面，将其用作智慧之书远比将其作为卜筮之书的意义重大。[50]

蒲乐道的目标是"用最简洁的语言翻译出一部译本，包含清晰地指导如何占卜，这样一来，任何一位真诚而机智地接近它的英语读者都能将其作为趋吉避凶的有效手段。"但是，他不认为它是"那些能够预测未来事件的发生，而让我们坐在后面被动地等待它们发生的普通的算命书之一；"相反，"根据对宇宙力量相互作用的分析，它相应地给出什么应该做、什么应该避免发生的建议。"如此，"它让我们成为自己未来的建筑师，同时帮助我们避免灾难或使灾难最小化，从每一种可能的情况中获利。"因此，这是一本为追求道德与和谐高于利益的人而适用的书。蒲乐道说，他并不想与卫礼贤竞争或复制卫礼贤的翻译，他的译本与卫礼贤的译本不同的一点是：他的译本几乎完全聚焦于卜筮这一面，而卫礼贤的译本从某种程度上说是一本教科书，解释文本中的词汇如何从他们所指涉的象征符号中得以形成。[51]

尽管孔士特将其研究聚焦于《易经》的语言方面，但是他"试图从内外部证据来尽可能决定每个词在早期古汉语中的意义，《易经》卜者就是用这种语言来进行占卜问卦。……"[52]

夏含夷认为，《易经》最初是卜官的应急手册，而孔子并不满足于将其用

---

49 Richard J. Smith. *Fathoming the Cosmos and Ordering the World: The Yijing（I Ching, or Classic of Changes）and Its Evolution in China*. Charlottesville and London: University of Virginia Press, 2008, p. 7.

50 Richard Wilhelm. *The I Ching or Book of Changes, the Richard Wilhelm Translation rendered into English by Cary F. Baynes*. Princeton: Princeton University Press. 1975, pp. xlvii-liv.

51 John Blofeld. *I Ching（The Book of Change）: A New Translation of the Ancient Chinese Text with Detailed Instructions for Its Practical Use in Divination*. New York: Penguin Compass. 1968, pp. 15-16.

52 Richard A. Kunst, The Original *Yijing*: A Text, Phonetic Transcription, Translation, and Indexes, with Sample Glosses, PhD. diss. in Oriental languages, University of California, Berkeley, 1985, p. viii.

于筮占，而是在其中看到了更普遍的哲学意味。因此夏含夷认为这两方面都是《易经》的传统。[53]并且，夏含夷认为用龟甲来占卜解释了两种类型的筮占：一是繇，结果产生了爻辞；二是咨询式解释。[54]

闵福德认为"中国典籍《易经》的根源就是中国古代的筮占实践。"[55]后来，"不过，围绕着占卜的非文本内容，越来越多的准哲学式注疏已经在兴起。"因此，"两千多年以来，作为智慧和权力之书，她一直占据着这一中心的精神空间。"[56]对闵福德而言，《易经》经历了从蓍占发展到（龟）骨占，再由（龟）骨占发展到智慧之书的这样一个过程。[57]本质上，甲骨之书指《周易》（理雅各称之为"the Text"），而智慧之书指《十翼》（理雅各称之为"the Appendixes"）。

在朱熹《周易本义》（*The Original Meaning of the Yijing: Commentary on the Scripture of Change*）的译本里，艾周思赞同朱熹"易本卜筮之书"这一观点[58]，艾周思还认为"《易经》在中国思想和宗教中的历史意义，怎么高估都不过分，因为它在中国受尊崇，儒、道、大众宗教甚至佛教中都有应用。"[59]因此，艾周思认为《易经》成为"智慧之书"和卜筮手册，这一点是很独特的。[60]

11.5 返本溯源，求"原初"之意：《易经》英译的终极目标

大部分《易经》译者都返本溯源，竭尽全力想获得《〈易经〉的"原初"

---

53 Edward L. Shaughnessy. *I Ching: The Classic of Changes*. New York: Ballantine Books. 1996, p. 2.

54 Edward L. Shaughnessy. *I Ching: The Classic of Changes*. New York: Ballantine Books. 1996, pp. 7-13.

55 John Minford. *I Ching （Yijing），The Book of Change: The Essential Translation of the Ancient Chinese Oracle and Book of Wisdom*. New York: Penguin. 2014, p. ix.

56 John Minford. *I Ching （Yijing），The Book of Change: The Essential Translation of the Ancient Chinese Oracle and Book of Wisdom*. New York: Penguin. 2014,p. xiii.

57 John Minford. *I Ching （Yijing），The Book of Change: The Essential Translation of the Ancient Chinese Oracle and Book of Wisdom*. New York: Penguin. 2014,pp. ix-xviii.

58 Joseph A. Adler *The Original Meaning of the Yijing: Commentary on the Scripture of Change*. New York: Columbia University Press. 2019, p. 11.

59 Joseph A. Adler *The Original Meaning of the Yijing: Commentary on the Scripture of Change*. New York: Columbia University Press. 2019, p. 21.

60 Joseph A. Adler *The Original Meaning of the Yijing: Commentary on the Scripture of Change*. New York: Columbia University Press. 2019, p. 2.

形态，即便他们并未在他们译本的标题中使用"原初"（original）一词，或在他们的翻译中公开对其进行推论。

孔士特宣称他"把这一研究作为一套工具提供给读者，以备将来他们分析原初《易经》。"[61]

夏含夷借助《易经》通行本来翻译马王堆帛书《易经》，这样他才能返本溯源，竭尽全力获得《易经》的"原初"意义。为了清楚地知道他是如何翻译的，我们不妨看看第六十卦渐卦的翻译情况：

表 11-1：渐卦及其翻译

原　文	译　文
渐　60 渐女歸吉利貞 初六鴻漸于淵小子厲有言无咎 六二鴻漸于坂酒食衎衎吉 九三鴻漸于陸口口口復婦繩不口凶利所寇 六四鴻漸于木或直其寇戠无咎 九五鴻漸于陵婦三歲不繩終莫之勝吉 尚九鴻漸于陸其羽可用為宜吉 渐　53 渐女歸吉利貞 初六鴻漸于干小子厲有言無咎 六二鴻漸于磐飲食衎衎吉 九三鴻漸于陸夫徵不復婦孕不育兇利禦寇 六四鴻漸於木或得其桷無咎 九五鴻漸于陵婦三歲不孕終莫之勝吉 上九鴻漸於陸其羽可用為儀吉[62]	60. Jian, "Advancing" 　　Advancing: For the maiden to return is auspicious; beneficial to determine. 　　Initial Six: 　　The wild goose advances to the depth: for the little son dangerous; there are words; there is no trouble. 　　Six in the Second: 　　The wild goose advances to the slope: wine and food so overflowing; auspicious. 　　Nine in the Third: 　　The wild goose advances to the land: [The husband campaigns but does not] return, the wife is pregnant but does not [give birth]; inauspicious; beneficial to have that which robs. 　　Six in the Fourth: 　　The wild goose advances to the tree: perhaps getting what the robbers rejected; there is no trouble.

61 Richard A. Kunst, The Original *Yijing*: A Text, Phonetic Transcription, Translation, and Indexes, with Sample Glosses, PhD. diss. in Oriental languages, University of California, Berkeley, 1985, p. viii.

62 Edward L. Shaughnessy. *I Ching: The Classic of Changes*. New York: Ballantine Books. 1996, p. 156.

	Nine in the Fifth: The wild goose advances to the mound: The wife for three years does not get pregnant; in the end nothing overcomes it; auspicious. Elevated Nine: The wild goose advances to the land: its feathers can be used to be emblems; auspicious.[63]

从表 11-1 我们可以清楚地看到，夏含夷很好地利用了《易经》通行本。凡是马王堆帛书《易经》中缺省的，他都参考《易经》通行本，并尽量使他的译文合理、可读并有逻辑。他会用《易经》通行本的文字来替换马王堆帛书《易经》中缺省的地方，不过他翻译这一部分文字的时候，他会将其置于括号中，从而让读者得知这是马王堆帛书《易经》中本来就缺了的；另一方面，夏含夷就按马王堆帛书《易经》中的文字进行翻译，不添也不减。[64]这是他的翻译原则之一。他认为译者肯定不能不会公正地对待文本，语音通假的可能性也不会给译者以许可去改变文本。[65]当我们阐释马王堆帛书《易经》之时，我们会遇到很多问题。最重要的问题是，要看看出土文本与通行本《易经》是相同还是不同。不同之处就值得多多注意。我们在表 11-1 可以看到通行本中，鸿渐依次"于干"、"于磐"、"于陆"、"于木"、"于陵"到最后再次"于陆"[66]；而在马王堆帛书《易经》，则是鸿渐依次"于渊"、"于坂"、"于陆"、"于木"、"于陵"到最后再次"于陆"。[67]显然，人们依次看到鹅从"渊"到"坂"到"陆"到"木"到"陵"，显得更有逻辑。从低处到高处，说明鹅的运动过程是一个合理的过程。这样一来，我们可以看到，与通行本《易经》中鹅的运动过程而言，马王堆帛书《易经》的誊写者将文本安

---

63 Edward L. Shaughnessy. *I Ching: The Classic of Changes*. New York: Ballantine Books. 1996, p. 157.

64 Edward L. Shaughnessy. *I Ching: The Classic of Changes*. New York: Ballantine Books. 1996, p. 320.

65 Edward L. Shaughnessy. *I Ching: The Classic of Changes*. New York: Ballantine Books. 1996, p. 30.

66 Richard A. Kunst, The Original *Yijing*: A Text, Phonetic Transcription, Translation, and Indexes, with Sample Glosses, PhD. diss. in Oriental languages, University of California, Berkeley, 1985, pp. 344-345.

67 Edward L. Shaughnessy. *I Ching: The Classic of Changes*. New York: Ballantine Books. 1996, p. 157.

排得更有逻辑。尽管在两个文本中鹅最终都再次到了"陆"上，这会让读者感到困惑。但是，因为上文提到的翻译原则：翻译一个抄本，就按恰如其写定的样子来翻译，所以作为译者和诠释者的夏含夷并未对其进行改变。[68]从鹅运动的趋势来判断，它最终要到比"陵"更高处去，而不是回到"陆"上。因此，李镜池认为，目前文本中最后的"陆"是一个错误，应该是"阿"，"阿"表示"山"。[69]

利策马（Rudolf Ritsema, 1918-2006）担任国际东西方中心爱诺斯基金会主任三十多年，早在 1990 年代初他便开始翻译《易经》，既有自译，也有合译。最终，2007 年他与萨芭蒂尼（Shantena A. Sabbadini）合译的《易经》（*The Original I Ching Oracle; or, the Book of Changes*），该译本后经修订又于 2018 年再版。从译本的标题来看，译者也是旨在翻译出一部"原初的"《易经》。

艾周思是一位多产的学者，其学术兴趣集中于《易经》和中国哲学，尤其是朱熹对《易经》的诠释。他翻译了朱熹的两种易学著作：分别是 2002 年翻译的《易学启蒙》（*Introduction to the Studies of the Classic of Changes [I-Hsüeh ch'i-meng]*）和 2019 年翻译的《周易正义》（*The Original Meaning of the Yijing: Commentary on the Scripture of Change*）。前者涉及易图象问题，而后者则是朱熹对《易经》的诠释。

裴松梅（Margaret J. Pearson）宣称她的翻译是为了呈现一部"原初的"（original）"真"（authentic）《易经》，因为她相信她的翻译忠实于《易经》文本最古老的层面。[70]她认为《易经》可能是女性主义文本，因此她明显地遵循了王弼所做出的假设，即"阴阳这一成对出现的概念本身是有性别的。"[71]

小结

总之，《易经》的译者，不管是来自哪个国家，讲哪种语言，都想返本溯源，竭尽全力去获得《易经》的"原初"意义，因为这是一切的基础，对于研

---

68 Edward L. Shaughnessy. *I Ching: The Classic of Changes*. New York: Ballantine Books. 1996,, p. 30.

69 李镜池，《周易通义》，北京：中华书局，1981 年，第 105 页。

70 Margaret J. Pearson. *The Original I Ching: An Authentic Translation of the Book of Changes*. Tokyo, Rutland, Vermont, and Singapore: Tuttle Publishing. 2011, p. 15.

71 Margaret J. Pearson. *The Original I Ching: An Authentic Translation of the Book of Changes*. Tokyo, Rutland, Vermont, and Singapore: Tuttle Publishing. 2011, p. 19.

究和翻译而言尤其如此。开初，16 世纪的时候，耶稣会传教士译者主要从中国学者以及与《易经》相关的书籍中学习，后来新教传教士如理雅各和卫礼贤等翻译时，直接从中国学者那里获得帮助。王韬帮助理雅各将《易经》翻译成英语，而劳乃宣帮助卫礼贤将《易经》翻译成德语。

随着 1973 年马王堆帛书《易经》的出土，1984 年刊登于中国考古学期刊《文物》上，越来越多的《易经》学者为其所吸引而对其进行研究或翻译。夏含夷第一次将马王堆帛书《易经》翻译成英语，使得它进入了全球学界，从而有助于它在西方的传播。1970 年代以来，其他的《易经》抄本和相关文本也相继出土，例如安徽阜阳的双古堆《易经》抄本、湖北王家台的《归藏》，以及上海博物馆的《周易》抄本等等。所有这些出土《易经》抄本的翻译都有助于人们更深、更广地理解《易经》并将其传播到西方国家去。

《易经》译者也有赖于《易经》的权威注疏。首先，他们依靠权威选集如《御纂易经日讲解义》和《御纂周易折中》；后来他们倚赖一些学者个人对《易经》的诠释，如王弼的《周易注》、程颐的《伊川易传》，以及朱熹的《易学启蒙》和《周易正义》。

尤其是 1990 年代以来，随着越来越多的《易经》英译本和其他语种译本的出现，《易经》逐渐变得越来越全球化，对全球的影响也越来越深，从而成为了世界文学的一部分。司马富认为，《易经》的"全球化"部分由于《易经》在中国享有盛誉以及许多吸引人的特殊品质所致，而《易经》的传播也因那些出于自己的政治、社会、思想和福音目的而在不同的环境中努力运用其自我意识策略的人而得以推动。[72]译者肯定已经在用不同的形式将《易经》译成英语的过程中发挥了很大作用，才使得它得以"国际化"并成为世界文学的一部分。

---

72 Richard J. Smith. *Fathoming the Cosmos and Ordering the World: The Yijing（I Ching, or Classic of Changes）and Its Evolution in China*. Charlottesville and London: University of Virginia Press, 2008, p. 4.

第十二章 《易经》的世界文学意义

引言

《易经》是中国的"五经之首"，同时也是世界文化的重要遗产，它与基督教的《圣经》和伊斯兰的《古兰经》并称为世界上最重要的三种经典，而且这些经典在世界范围内对哲学、宗教、文学等诸多领域都产生了重要且深远的影响，《易经》在中国更多地是被看作耳熟能详的哲学经典，相关的研究可谓是汗牛充栋，然而不容忽视的是，它同时也是一部瑰丽多彩的文学经典，蕴含着丰富的文学思想和审美意识。本章尝试从文学性的角度，运用比较文学的研究范式，对《易经》在世界文学中的内涵和意义进行初步探讨和阐发，进而丰富易学的多学科多元化解读和研究。

12.1 关于《易经》与文学关系的国内外研究现状

如前文所述，《易经》不仅是哲学经典，也是文学经典。有关《易经》与文学的关系问题，国内外已有部分学者研究并撰文探讨过，国内比较有代表性的是易学家高亨、李镜池、潘世秀、王志明、沈志全、陈良运和刘保贞等。

我国著名易学家高亨指出，《易经》一方面抒写了作者片段的思想认识，含有极简单的哲学因素；且常用形象化的语句，带有朴素的文学色彩。[1]著

---

[1] 高亨，"前言"，见高亨，《周易大传今注》，济南：齐鲁书社，2009 年（2017 年重印），第 1 页。

名易学家李镜池也指出,《易经》具有一定的文学价值：全书基本上是散文,但韵文也占其中的三分之一；语言简净,有时描写细腻,运用比喻、起兴、衬托等手法,还引用和模仿民歌,一定程度上体现了那一时期的文学发展水平。[2]

潘世秀、王志明在《〈周易〉与中国文学》中论述了《周易》与中国文学的渊源,包括《周易》的思维特色、《周易》与中国诗论开山纲领、《周易》与《文心雕龙》、《周易》与中国诗歌等四部分。[3]

沈志权在《〈周易〉与中国文学的形成》指出,《周易》虽为占筮之书,然其经、传却孕育着中国文学的胚芽,于占筮之树绽放出文学之花,对中国文学的形成产生了极其广泛而深远的影响,在中国文学发展史上具有肇始发端之功。[4]

陈良运在《〈周易〉与中国文学(上、下册)》中指出卦、爻辞与《系辞》、《文言》等原始文本中所蕴含的文学原理、文学观念、审美意识、语言艺术诸种要素,力证《周易》的内容与形式,被一代代人接受并加以发挥、转换,形成了中国古代文学创作与文学理论观念体系的大致格局；同时也指出《周易》从人文精神、文学本原到创作鉴赏等种种文学观念范畴的正式确立,理论构架的成型等对中国文学发展方方面面的深远影响；最后,指出《焦氏易林》是直接从《周易》本体绽开的文学奇葩。[5]

刘保贞在《〈周易〉与中国文学》一文中阐明了《周易》在中国文学理论和文学创作实践两方面,都留下了深深的迹印。《易传》的哲学思想是中国文学批评理论的滥觞。《文心雕龙》是中国文学批评理论的重要著作,从形式到内容都深受《周易》的影响；它以《周易》的思想为根本,建立了中国历史上十分系统的文学理论。从中国文学的创作实践上看,《周易》自身就是一部很好的文学作品,部分卦爻辞可和《诗经》相媲美。[6]

---

2 李镜池,"前言",见李镜池,《周易通义》,北京：中华书局,1981 年（2015 年重印）,第 2 页。

3 潘世秀、王志明,《〈周易〉与中国文学》,兰州：敦煌文艺出版社,1996 年。

4 沈志权,《〈周易〉与中国文学的形成》,杭州：浙江大学出版社,2009 年。

5 陈良运,《〈周易〉与中国文学》,南昌：百花洲文艺出版社,2010 年。

6 刘保贞,《〈周易〉与中国文学》,北京：生活·读书·新知三联书店,2018 年。

12.2 国外部分学者对《易经》文学性的解读

除了中国学者指出《周易》与中国文学之间的关系，外国学者也论证了《周易》与中国文学之间的内在联系。

12.2.1 知名学者易学专著中的《易经》与文学

孔士特指出，《易经》中每一卦的爻辞中所发现的"象"与《诗经》的程式和主题密切相关，尤其与《诗经》"兴"体诗歌中的"启悟式"（inspiring）兆象（omen-images）密切相关。并且，每一卦中爻辞间的兆象变体可能源自兆象作为这些变体之目录的功能，这些变体在诗歌中以叠句的形式出现于诗节（stanza）间。他举了《诗经·鄘风·墙有茨》和《易经·蒙卦》为例说明《诗经》与《易经》在这一方面的相似[7]：

表 12-1 《诗经·鄘风·墙有茨》和《易经·蒙卦》句式结构比较

诗经·鄘风·墙有茨	易经·蒙卦
埽茨[8]	发蒙
襄茨	包（抱）蒙
束茨	困（捆）蒙
	击蒙

在此基础上，孔士特指出如果从句法看，没人能分出上表中哪是出自《诗经》，哪是出自《易经》！[9]

而且，孔士特专辟一节讨论《易经》的押韵。他明确指出，《易经》中的押韵不像《诗经》或其他纯粹的歌谣那么普遍，那么有规律。但是其中有 20 卦左右是有大量的押韵，而另 29 卦则部分有押韵，只有 15 卦根本没押韵或

7　Richard Alan Kunst, The Original *Yijing*: A Text, Phonetic Transcription, Translation, and Indexes, with Sample Glosses, PhD. diss. in Oriental languages, University of California, Berkeley, 1985, pp. 79-80.

8　《诗经·鄘风·墙有茨》的原文为"墙有茨，不可埽也。中冓之言，不可道也。所可道也，言之丑也。墙有茨，不可襄也。中冓之言，不可详也。所可详也，言之长也。墙有茨，不可束也。中冓之言，不可读也。所可读也，言之辱也。"孔士特对其句式进行了抽绎，遂成为了"埽茨、襄茨和束茨"以与《易经·蒙卦》中的"发蒙、包蒙、困蒙和击蒙"进行句式比较。

9　Richard Alan Kunst, The Original *Yijing*: A Text, Phonetic Transcription, Translation, and Indexes, with Sample Glosses, PhD. diss. in Oriental languages, University of California, Berkeley, 1985, p. 80.

只有不确定的押韵。[10]我们认为，押韵之不确定主要可能是因为《易经》去古已远，其言辞的读音可能与现在的语音有异而无法确定。

孔士特还指出，在《易经》里，押韵的功能就如在文学中一样，一是满足作者（筮师）追求和谐与统一的愿望；二是促进记忆并在背诵时朗朗上口；三是帮助听者或读者理解《易经》逻辑结构时让他们觉得悦耳动听。但是，孔士特继续指出，押韵首先是一件愉悦而好玩的活动。在《易经》中，押韵无疑有进一步的功能，那就是增强占卜的真实性（authenticity）。《易经》中押韵的本质就是在音韵上连接两个词组，反过来，在每个词组的尾音节通过用韵在语义上连接两个词组。他举了"鸣鹤在阴"这一个例子来说明《易经》押韵的问题。[11]

与文学作品（尤其是诗歌）类似的是，孔士特还指出《易经》也运用了头韵（alliteration），例如"不节若则嗟若"中的"节"和"嗟"，"屯如邅如"中的"屯"和"邅"等。[12]

国际著名诗人、剑桥大学驻校诗人、教授李道（Richard Berengarten，1943-）更是说，《易经》自身就是诗歌的源泉和基础，对于长诗而言尤其如此。[13]同时，他也指出"关联性思维"、植根于《易经》中的同时性原理、以及《易经》的模糊性和多义诠释的开放性，都内在地具有诗歌性。[14]

关于《易经》与文学之间的关系，更重要的讨论是有关"言—象—意"的关系。其最初的来源可能就是《系辞》（上）中所提出的：

> 子曰："书不尽言，言不尽意。"然则圣人之意其不可见乎？
>
> 子曰："圣人立象以尽意，设卦以尽情伪，系辞焉以尽其言，变而通之以尽利，鼓之舞之以尽神。"[15]

10 Richard Alan Kunst, The Original *Yijing*: A Text, Phonetic Transcription, Translation, and Indexes, with Sample Glosses, PhD. diss. in Oriental languages, University of California, Berkeley, 1985, p. 51.

11 Richard Alan Kunst, The Original *Yijing*: A Text, Phonetic Transcription, Translation, and Indexes, with Sample Glosses, PhD. diss. in Oriental languages, University of California, Berkeley, 1985, pp. 52-54.

12 Richard Alan Kunst, The Original *Yijing*: A Text, Phonetic Transcription, Translation, and Indexes, with Sample Glosses, PhD. diss. in Oriental languages, University of California, Berkeley, 1985, p. 56.

13 Richard Berengarten, *Changing*, Bristol, UK: Shearsman Books Ltd, 2016, p. 525.

14 Richard Berengarten, *Changing*, Bristol, UK: Shearsman Books Ltd, 2016, p. 526.

15 李光地主纂，《周易折中》，刘大钧整理，成都：巴蜀书社，2010 年，第 369 页。

著名华裔汉学家刘若愚的高足余宝琳（Pauline C. Yu, 1949-）认为这一句话通常被引用来证明"言"与"意"之间的不可通约性，这一思想在早期道家的文本中也有充分表述。[16]她还引述了舒茨基（(I. K. Shchuskii, 1897-1937)讨论章学诚的相关论述来说明这一问题。[17]章学诚的观点是：（1）《易》之象也，《诗》之兴也，变化而不可方物矣；（2）象之所包广矣，非徒《易》而已，六艺莫不兼之；（3）《易》象虽包六艺，与《诗》之比兴，尤为表里。[18]

宇文所安则指出，这个段落是专门针对《易经》而言的；但是其构成要素，尤其是第一个陈述（归之于孔子名下），在后来的文学思想中被频繁引用，几乎成了所有作者和读者的一个经典保留节目。[19]正是在这一意义上，"言—象—意"便成了中国文学思想中的源头，几乎影响着后来的所有作家。

宇文所安对此进行了深入探讨，他指出，作为语言模式的"内在"术语，"意"完全不同于"志"。[20]"意"不包含环境、动机以及与某些内容的强烈情感关系，这就是说"意"是自觉的。"意"作为超越具体话语之推定内容的一元极简形式，极为接近西方的"meaning"（意义）或"concept"（概念），有时则与"义"（truth）可以互换。即便如此，宇文所安继续指出，虽然"意"具有与人类思想的具体行为相对脱节的这一层面，但它从未达到我们在"meaning"、"concept"或"idea"等西方术语中所发现的那种完全抽象或集合的程度。[21]

按宇文所安的意思，"意"即"concept"而不是"meaning"能为人类思想当下所理解，"意"也就是"意味"（what is meant）。另外，宇文所安还指出，"意"、"言"、"书"三者构成一个逐渐缩减的过程："意"谓的

16 Pauline C. Yu, *The Reading of Imagery in the Chinese Poetic Tradition*, New Jersey: Princeton University Press, 1987, p. 40.

17 Pauline C. Yu, *The Reading of Imagery in the Chinese Poetic Tradition*, New Jersey: Princeton University Press, 1987, pp. 41-42.

18 章学诚，《文史通义校注》，叶瑛校注，北京：中华书局，1985 年，第 18-19 页。

19 Stephen Owen, *Readings in Chinese Literary Thought*, Cambridge: Harvard University Press, 1992, p. 30.

20 这里的"志"，宇文所安认为一方面关联《尚书·尧典》中的"诗言志"中的"志"；另一方面则关联《左传·襄公二十五年》中"仲尼曰：《志》有之：'言以足志，文以足言。'不言，谁知其志？言之不文，行之不远。"详见 Stephen Owen, *Readings in Chinese Literary Thought*, Cambridge: Harvard University Press, 1992, pp. 26-30.

21 Stephen Owen, *Readings in Chinese Literary Thought*, Cambridge: Harvard University Press, 1992, pp. 31-32.

东西多于已"言"的东西,(通过身体姿势、音调变化和生活语境而)"言"传的东西多于已"书"的东西。如此一来,已"书"的"言"就成了韩愈所说的难以还原的"质"(essence)。"言"之内外关系则是从"足"或"尽"的角度考虑的。[22]

宇文所安认为,传统在此发生分野,持"足"或"尽"观点者相信内在的东西确乎可从递减的外在显现而获知,而持"不足"或"不尽"观点者则认为确乎存在一个缺口,"质"处于通过语言无法恢复的绝对内在物之中。而《易经》中由圣人捕捉到的精"意"(concepts),靠近内与外之间无法理解的缺口。《易经》则在"意"和"言"之间插入"象"的概念从而解决了这个问题。[23]"言—象—意"的复杂关系在王弼的《周易略例·明象》中得到了更充分、深入的思考。他提出:

> 夫象者,出意者也。言者,明象者也。尽意莫若象,尽象莫若言。言生于象,故可寻言以观象。象生于意,故可寻象以观意。意以象尽,象以言著。故言者所以明象,得象而而忘言。象者所以存意,得意而忘象。……然则,忘象者,乃得意者也;忘言者,乃得象者也。得意在忘象,得象在忘言。[24]

正是因为"言—象—意"的关系非常重要,所以哈佛大学教授宇文所安在其代表性的著作《中国文学思想读本》(*Readings in Chinese Literary Thought*)中集中讨论了这一问题。[25]

宇文所安指出,中国注疏传统有一个特点,就是它鼓励阐明相互关联着的术语,尤其是从不同方向来贯穿其中的系列关系来阐明这些处于关联中的术语。在这样做的时候,王弼发现这对于人们更好地理解《易经》和语言的一般理论,尤其是诗歌,有着非常重要的意义。就《易经》而言,卦之"意"或概念价值内在于"象"里,惟有通过"象"才能获得。卦"意"可由文字来解释,但是文字尽管累积却仍不能"尽"卦义/意(the significance of the

---

22 Stephen Owen, *Readings in Chinese Literary Thought*, Cambridge: Harvard University Press, 1992, p. 32.

23 Stephen Owen, *Readings in Chinese Literary Thought*, Cambridge: Harvard University Press, 1992, p. 32.

24 王弼,《周易略例·明象》,见楼宇烈,《王弼集校释》,北京:中华书局,1980 年,第 609 页。

25 Stephen Owen, *Readings in Chinese Literary Thought*, Cambridge: Harvard University Press, 1992, pp. 30-34.

hexagram）。然而，卦"意"却内在于用文字而"言"的象（Image）中。就语言理论而言，王弼在此说明，文字不命名"事物"；文字是思维过程的一个阶段，从事物之象中产生。王弼的普遍范畴理论使我们得以谈论任一事物之"意"（concept）。"意"从未达到"idea"的程度，因为"idea"完全独立于任何人对它的感知而存在。即使在这里，"意"极力接近先存之"idea"的概念，《系辞传》里的对话提醒我们，即便是这些经验之"意"，也是"圣人之意"。

"意"与"言"之间以"象"为必要中介，对诗歌和其他文类具有深远影响。诗人观察身边世界的形式时，物理世界的无限特质能被简化到最低限度，先简化为范畴之"象"，继而简化为范畴语言。诗人及其读者可以假设这些象是"意"的自然体现，体现这个世界如何成为"意"的。如此一来，诗之"象"（imagery）[26]可能就是内在之"意"；这种假设就带有《易经》无处不在的权威性。

宇文所安指出，"象"之概念对于理解"描写"在中国文学中的作用而言是必不可少的。这里的描写不是西方文学思想中通常所理解的那种意向性行为（intentional act），也不是某种艺术旨趣的建构。一方面，描写可能是作家关注外物的形式，即他的感知方式，反映他的"情"或"志"；另一方面，描写是"象"之结构，是内在于客观世界中的"意"之可见形式，只有通过这些"象"、"意"才足以言显。[27]

著名美籍华裔学者、哥伦比亚大学教授刘若愚在其名著《中国文学理论》（*Chinese Theories of Literature*）中集中论述了《易经》之"言—象—意"在文学上的反映及其影响。刘若愚提出，文学显示自然之道这种观念的起源，可追溯至《易传》。传统上，作为占卜基础的六十四卦（hexagrams），各有两个单卦（trigrams）组成（每一单卦由三道爻画组成，或连或断：☰ ☱ ☲ ☳ ☴ ☵ ☶ ☷）。[28]

---

26 宇文所安指出，必须区分这里的"象"（imagery）与西方文学研究中的"imagery"（意象）。详见 Stephen Owen, *Readings in Chinese Literary Thought*, Cambridge: Harvard University Press, 1992, p. 34.

27 Stephen Owen, *Readings in Chinese Literary Thought*, Cambridge: Harvard University Press, 1992, pp. 30-34.

28 刘若愚著，杜国清译：《中国文学理论》，南京：江苏教育出版社，2006 年，第 20-24 页。英文见 James J. Y. Liu, *Chinese Theories of Literature*, Chicago: The University of Chicago Press, 1975.

刘若愚提到《系辞传》中"八卦"起源的那一段：

> 古者包羲氏之王天下也，仰则观象于天，俯则观法于地。观鸟
> 兽之文，与地之宜。近取诸身，远取诸物。于是始作八卦。

刘若愚指出，罗根泽曾将这段解释为表现出写作（因此文学）模仿自然这种观念；而刘若愚则认为这段表示写作象征自然的根本原理。[29]

余宝琳的代表作《中国诗歌传统的意象解读》（*The Reading of Imagery in the Chinese Poetic Tradition*）主要讨论的便是中国诗歌中的意象。余宝琳首先指出，意象从其诞生伊始便是中国诗学关注的中心，但是西方文学理论对此感兴趣却是较为晚近的现象。[30]尽管如此，中西方学者对诗歌意象之实证起源（empirical origin）的必要性却无法统一。余宝琳指出，"象"这一术语直到唐朝及其后才成为中国诗学词汇中的重要组成部分；此前，它通常与早期的占卜文本《易经》联系在一起。[31]余宝琳还指出，舒茨基也曾注意到意象是《易经》的中心概念。[32]

我们还可以注意到，《易经》每一卦都有《象传》，诠释各卦的卦象和各爻的爻象，西方将"象"译为"image"。《象传》文字一般较简短，其中共有六十四则用来解释卦象，称《大象传》，而共有三百八十四则用来解释爻象，称《小象传》。黄寿祺、张善文指出，"象"之义，犹言"形象"、"象征"，也就是《系辞传》所谓的"象也者，像此者也。"《象传》以言简意明的文辞，逐卦逐爻地解说六十四卦、三百八十四爻的立象所在，使《周易》经文的象征意趣有了比较整齐划一的阐说。[33]

---

29 刘若愚著，杜国清译：《中国文学理论》，南京：江苏教育出版社，2006年，第21-24页。英文见 James J. Y. Liu, *Chinese Theories of Literature*, Chicago: The University of Chicago Press, 1975.

30 Pauline C. Yu, *The Reading of Imagery in the Chinese Poetic Tradition*, New Jersey: Princeton University Press, 1987, p. 3.

31 Pauline C. Yu, *The Reading of Imagery in the Chinese Poetic Tradition*, New Jersey: Princeton University Press, 1987, p. 37.

32 Pauline C. Yu, *The Reading of Imagery in the Chinese Poetic Tradition*, New Jersey: Princeton University Press, 1987, p. 37.舒茨基的讨论详见 Iulian K. Shchutskii, *Researches on the I Ching*, trans. William L. MacDonald and Tsuyoshi Hasegawa with Hellmut Wilhelm, Bollingen Series LXII. 2. New Jersey: Princeton University Press, 1979, p. 226.他举的例子分别是《否卦》的初六爻："拔茅茹以其汇，贞吉。亨。"和《大壮》九三爻："小人用壮，君子用罔，贞厉。羝羊触藩，羸其角。"

33 黄寿祺、张善文，"前言"，见黄寿祺、张善文，《周易译注》，上海：上海古籍出版社，2007年，第4页。

　　张隆溪指出，按照德里达（Jacques Derrida，1930-2004）的观点，形上之概念化依等级而进行。表现在语言上，意义统辖言说，而言说又统辖文字之时，形上等级得以确立。在西方传统中，德里达发现始自柏拉图和亚里士多德就存在这种等级，在拼音文字作为原初之能指的观念中尤其如此。德里达认为，如果说口头语言是心灵体验的象征，而书面语言又是口头语言的象征，这是因为作为原初符号（first symbols）之源，声音与心灵有着必要而直接的紧密（proximity）联系。《说文解字》中"词"的定义为"词，意内而言外也。从司，从言。"张隆溪认为这一定义与德里达的意见类似。不过对这一等级更早更明确的表述是《易经·系辞传》"书不尽言，言不尽意"。因此，张隆溪认为贬低文字的态度中外皆然。[34]张隆溪指出，庄子和亚里士多德都认为，文字乃外在的、可有可无之符号，其意义、内容及所指一旦得以提取便可弃之一旁。庄子的这种观点（在中国古典诗歌和哲学中产生许多反响）体现在下面一段漂亮的文字里[35]：

　　　　荃者所以在鱼，得鱼而忘荃；蹄者所以在兔，得兔而忘蹄；言
　　者所以在意，得意而忘言。吾安得夫忘言之人而与之言哉？[36]

　　这里事实上存在一个"言—意"悖论，所以庄子才会发出如此感叹"吾安得夫忘言之人而与之言哉？"顾明栋指出，庄子这句话运用的是修辞反问句的修辞方法，从中我们可以看出庄子是多么希望可以找到一个人进行充分交流，所不同的是这种交流不是通过语言来进行的。不过，这句话的引申意义是，要是没有语言的帮助，那么我们也就根本找不到人来一起进行充分交流。[37]所以，忘"言"而得"意"只能是一种臆想。[38]也就是说，对庄子而言，语言和意义是密不可分的。他继续指出，人们一般认为语言是类似于荃蹄的一种工具，一旦达到目的便可以舍弃。这其实是个似是而非的错觉，因为没有

---

34 Longxi Zhang, *The Dao and the Logos*, Durham: Duke University Press, 1992, p. 29.

35 Longxi Zhang, *The Dao and the Logos*, Durham: Duke University Press, 1992, p. 30.

36 郭庆藩，《庄子集释》（全四册），王孝鱼点校，北京：中华书局，1961 年，第 944页。

37 Ming Dong Gu, "Elucidation of Images in the *Book of Changes*: Ancient Insights into Modern Language Philosophy and Hermeneutics", 31: 4（2004）, *Journal of Chinese Philosophy*, p. 481.

38 Ming Dong Gu, "Elucidation of Images in the *Book of Changes*: Ancient Insights into Modern Language Philosophy and Hermeneutics", *Journal of Chinese Philosophy*, 31: 4（2004）, p. 481.

"象"就无法得"意"，一旦得"意"，"象"、"言"就与"意"紧密相连。[39]

关于"言—象—意"之关系的论述，顾明栋无疑在西方世界作出了自己的贡献。在"《周易》明象：现代语言哲学与诠释学的古代洞见"[40]一文中，首先说明"明象"属于《周易》诠释学中一个非常特殊的概念，指的是《周易》中人们理解和领会卦爻象和卦爻辞的复杂过程。

不管怎么说，关于"象"的论述，主要来自《系辞》所言"是故夫象，圣人有以见天下之赜，而拟诸形容，象其物宜，是故谓之象。""是故《易》者，象也。象也者，像也。"等。这里所说的"象"类似于符号学中的"符号"。

在任何符号表征中，关键是被表征物与表征物之间的关系。符号学家一般采用皮尔士的三分法来表示这种象征关系，即象似符（icon）、索引符（index，也译为指示符）和纯符号（symbol）[41]。象似关系基于相似，指示关系源于因果关系或某种诸如物理接近或物理连接的存在关系，而符号表征不是基于象似或因果关系，而是基于任意的约定（stipulation）。顾明栋指出，《易经》具体表现了这三种表征：有些卦象是象似表征，如坎为水（water），离为网（net），鼎为鼎（cauldron）；有些卦象则是指示表征，如井为井（well），晋为日升（the rise of the sun），明夷为日落（the setting of the sun）；其他的则是符号表征，如乾为马（horse），坤为牛（cow），震为龙（dragon）。而卦辞则覆盖了所有这三种表征。《易经》中的"象"有狭义广义之分。狭义的"象"指"卦象"和"爻象"，而广义的"象"则指"物象"（如天、地、山、河、雷、风和火等自然现象）和"事象"（如社稷、战争、饥荒、结婚

39　Ming Dong Gu, "Elucidation of Images in the *Book of Changes*: Ancient Insights into Modern Language Philosophy and Hermeneutics", 31: 4（2004）, *Journal of Chinese Philosophy*, p. 481.

40　Ming Dong Gu, "Elucidation of Images in the *Book of Changes*: Ancient Insights into Modern Language Philosophy and Hermeneutics", 31: 4（2004）, *Journal of Chinese Philosophy*, pp. 469-488.

41　Charles Sanders Peirce, *Collected Works*, edited by Charles Hartshorne and Paul Weiss（Cambridge, MA: Harvard University Press, 1931-58）, Vol. IV, pp. 156-173. Also in Gu Ming Dong, "Elucidation of Images in the *Book of Changes*: Ancient Insights into Modern Language Philosophy and Hermeneutics", *Journal of Chinese Philosophy*, p. 472.也可参看李伟荣等，"皮尔士对雅柯布森的影响"，《湖南大学学报》（哲学社会科学版），2007年第2期，第110页。

和离婚等社会现象）；更广义的"象"则是"意象"（如神经刺激，心理图像，使用语言表征物体、动作、情感、思想、观念、思维状态和任何感觉的或超感觉的经验）。[42]

在阐释《易经》的具体层面上（on the local and specific level），"象"与"言"均为圣人原意的载体。如此一来，圣人最初创卦的思想就内在于"象"（卦象和爻象）中，而符号系统则经由"言"而获得；反过来，"言"又是传达用语言表述的意象（images）之意义，以涵盖自然现象、社会现象和诗学意象。作为被表征物不同方面必不可少的连接，"象"在意指（significance）和表征过程中占有重要地位。[43]

顾明栋认为，王弼在《周易略例·明象》中拈出"言"、"象"和"意"三者，并设定了这三者的相互关联关系。这一思想源于《易经·系辞传》"圣人立象以尽意，设卦以尽情伪，系辞焉以尽其言。"但是将此三者组成（configure）一个有机结构却纯粹是王弼的发明。[44]

顾明栋指出，在王弼的话语中，他以如此创新的方式设定了"意"和"象"、"意"和"言"间的相互关联关系，堪与现代意指理论（the modern theory of signification）相媲美。[45]这是他对中国意指理论的最大贡献。"意"为源；"象"表意；"言"表象；是表意的另一种方式。"意"是观念（idea）之母；"象"和"言"是表达观念之手段。从"意"开始，再经由"象"，然后再到"言"的这一运动就是我们所说的"意指"整个完整的过程。通过分析王弼的论述，我们知道他所说的"意指过程"是种双向运动，而非单项运动：对于说者，这是由"意"经由"象"然后再抵达"言"的这样一种运动；而对于听者，则正好相反，这是由"言"经由"象"然后再抵达"意"

42 Ming Dong Gu, "Elucidation of Images in the *Book of Changes*: Ancient Insights into Modern Language Philosophy and Hermeneutics", *Journal of Chinese Philosophy*, 31: 4（2004），pp. 472-473.

43 Ming Dong Gu, "Elucidation of Images in the *Book of Changes*: Ancient Insights into Modern Language Philosophy and Hermeneutics", *Journal of Chinese Philosophy*, 31: 4（2004），p. 473.

44 Ming Dong Gu, "Elucidation of Images in the *Book of Changes*: Ancient Insights into Modern Language Philosophy and Hermeneutics", *Journal of Chinese Philosophy*, 31: 4（2004），p. 474.

45 Ming Dong Gu, "Elucidation of Images in the *Book of Changes*: Ancient Insights into Modern Language Philosophy and Hermeneutics", *Journal of Chinese Philosophy*, 31: 4（2004），p. 475.

的这样一种相反的运动，即"言生于象，故可寻言以观象；象生于意，故可寻象以观意。意以象尽，象以言著。"[46] "意—象—言"的具体关系可见图 10-1：

Yi (Thought) ⟶ Xiang (Images) ⟶ Yan (Words)

images are born of thought	words are born of images
images are to bring forth thought	words are to elucidate images
thought is fully expressed in images	images become manifest through words
nothing is more effective than images in fully conveying thought	nothing is more effective than words in fully conveying images
one observes thought through images	one observes images through words

图 12-1 "意—象—言"关系（来自顾明栋，2004）[47]

正如前面所论述的，王弼的观点关于"意—象—言"间的关系是辩证：对于说者，这是由"意"经由"象"然后再抵达"言"的这样一种运动；而对于听者，则正好相反，这是由"言"经由"象"然后再抵达"意"的这样一种相反的运动。而《易经·系辞传》（上）所云"子曰'书不尽言，言不尽意'，然则是圣人之意其不可见乎？子曰'圣人立象以尽意，设卦以尽情伪，系辞焉以尽言，变而通之以尽利，鼓之舞之以尽神。'"事实上关涉的更多是"言""象""意"三者之间的隔膜和不可通约性。

另外中国的诗歌意象论正导源于此，正是《易经》最早提出"意"与"象"的概念，是中国意象理论的雏形，其中最重要的两个命题分别是"观物取象"和"立象以尽意"。"观物取象"是说明"象"是如何获得的，而"立象以尽意"则说明"象"的功能就是"尽意"，"象"只是手段，而"意"才是最终的目的。正是基于此，王万象指出"正因为文字无法说尽一切，而语言不能完全表达出思想，倒是形象可以如实反映世界，职是之故，对事物的形象具体描绘将优于语言文字所表现的抽象概念。"[48]

---

46 Ming Dong Gu, "Elucidation of Images in the *Book of Changes*: Ancient Insights into Modern Language Philosophy and Hermeneutics", *Journal of Chinese Philosophy*, 31:4（2004）, pp. 474-475.

47 Ming Dong Gu, "Elucidation of Images in the *Book of Changes*: Ancient Insights into Modern Language Philosophy and Hermeneutics", 31: 4（2004）, *Journal of Chinese Philosophy*, p. 475.

48 王万象，"余宝琳的中西诗学意象论"，《台北大学中文学报》，2008 年，第 4 期，第 65 页。

12.2.2 西方文学史和文学选集中的《易经》与文学

西方学者在文学史或文学选集中提及或讨论《易经》,肇始于翟理斯(Herbert Allen Giles, 1845-1935)于 20 世纪初所著的《中国文学史》(*A History of Chinese Literature*),这是西方世界的第一部中国文学史。然而,翟理斯在撰写时只是将《易经》作为五经的一部分,概括地向西方世界介绍了《易经》的基本情况,包括《易经》的基本构成,《易经》与伏羲、文王、武王与孔子之间的关系。这都是中文世界普遍的说法,没有任何创新之处。

与之相比的是,西方世界 21 世纪前后的中国文学史则更为详尽、更具说服力;而且更为不同的是,新的中国文学史不是集中论述《易经》,而是将《易经》放在整部书中,讨论了《易经》对中国文学的种种影响。

梅维恒(Victor H. Mair)主编的《哥伦比亚中国文学史》(*The Columbia History of Chinese Literature*)中多处提及或论及《易经》[49],指出《易经》本为卜筮之书,其文本的内核是六十四卦;《系辞传》试图发展出一种宇宙论来解释世界,不但对儒学运动而且对后世中国人的思想都有持久影响;并且指出《易经》中的卦变反映了(mirror)自然世界中所发生的变化,等等。[50]

孙康宜(1944-)和宇文所安共同主编《剑桥中国文学史》(*The Cambridge History of Chinese Literature*),上卷由宇文所安主编,《易经》因自身在中国文学中的重要地位而在该书中不断出现。[51]该书首先引用许慎《说文解字叙》"古者包羲氏之王天下也,仰则观象于天,俯则观法于地,观鸟兽之文与地之宜,近取诸身,远取诸物,于是始作《易》八卦,以垂宪象。"然后指出,许慎的论述不仅根植于古代神话,而且根植于早期中国哲学核心文本之一的《系辞传》。[52]《易经》的八卦一直被认为是中国文字的肇始,所以将《易经》

---

49 Victor H. Mair ed., *The Columbia History of Chinese Literature*, New York, NY: Columbia University Press, 2001, pp. 4, 80-82, 83, 88-89, 97, 107, 150, 187, 364, 625, 633, 910, 911, 914.

50 Victor H. Mair ed., *The Columbia History of Chinese Literature*, New York, NY: Columbia University Press, 2001, pp. 80-82, 88-89.

51 Stephen Owen ed., *The Cambridge History of Chinese Literature*(vol. 1), Cambridge, UK: Cambridge University Press, 2010, pp. 5-6, 17-18, 61, 109, 111-115, 130, 149, 183, 225, 395, 415, 483, 484.

52 When in the time of antiquity Bao Xi [Fu Xi] ruled the world as king, he looked up and perceived the images in the skies, looked down and perceived the model order on the earth. He observed how the patterns of the birds and beasts were adapted to the earth. Nearby he took [his insights] from himself; further away he took them from the things of the world. Thereupon he first created the eight trigrams of the Classic of Changes in

与《说文解字》联系起来是不足为奇的。不过，这部书摘引了杨万里《诚斋易传》中的序：

> 易者何也？易之为言变也。易者圣人通变之书也。何谓变？盖阴阳太极之变也，五行阴阳之变也，人与万物五行之变也，万事人与万物之变也。古初以迄于今，万事之变未已也。[53]

从上引序言可见，杨万里认为《易经》就是讨论变化之书，从古到今，万事万物的变化从未停止过。并且，这部书也用了相当篇幅来讨论杨万里的易学研究与江西学（诗）派之间的关系。

宇文所安对于文学的思考不断回到《易经》。除了上述的《剑桥中国文学史》之外，他在 1992 年所著的《中国文论：英译与评论》（*Readings in Chinese Literary Thought*）和他翻译并编撰的《诺顿中国文学选集》（*An Anthology of Chinese Literature: Beginnings to 1911*）都重点讨论到《易经》。前者分别引述了《系辞传》和王弼的《周易略例》一则论述，集中讨论了言、象和意之间的复杂关系；[54]而后者则主要讨论了《易经》与"文"之间的关系，也提到《易经》对刘勰《文心雕龙》的启发。[55]

《易经》神秘的符号体系及其晦涩难懂、文约意丰、言近旨远的文辞予人以理解上的诸多障碍，尤其是巫觋文化赋予它的神秘气质，对于文明时代的解释者来说，始终蕴有一股捉不着、摸不透的隔膜感。然而，正是这种障碍和隔膜，使它向任何语境开放，以致获得无限的释意空间，且不断生成与不同时代相适应的意义。这也许是"《易》无达占"的部分意义。

---

order to transmit the models and images. See Stephen Owen ed., *The Cambridge History of Chinese Literature*（*vol. 1*），Cambridge, UK: Cambridge University Press, 2010, pp. 5-6.

53　What is the *Classic of Changes*（*Yi*）? The *Yi* speaks of transformation. The *Yi* is the writing in which the sage penetrates transformation. To what does transformation refer? In my view, *yin* and *yang* are the transformation of the Great Ultimate. The Five Phases are the transformation of *yin* and *yang*. People and the myriad phenomena are the transformation of the Five Phases, and the myriad affairs are the transformation of people and the myriad phenomena. From the beginning until now the transformations of the myriad affairs have never ceased. See Stephen Owen ed., *The Cambridge History of Chinese Literature*（*vol. 1*），Cambridge, UK: Cambridge University Press, 2010, p. 484.

54　Stephen Owen, *Readings in Chinese Literary Thought*, Cambridge : Harvard University Press, 1992, pp. 31-34.

55　Stephen Owen ed. & trans., *An Anthology of Chinese Literature: Beginning to 1911*, New York & London: W. W. Norton & Company, 1996, pp. 344-345.

12.3 《易经》与英语世界的文学创作

《易经》在西方世界具有很大影响，不仅影响了西方人的一些行为，例如著名汉学家闵福德对于自己是否要翻译《易经》都要卜卦来决定[56]；而且也影响着西方人的文学创作，最重要的有罗森菲尔德（Lulla Rosenfeld）创作的《死与易经》（*Death and I Ching*）、菲利普·迪克创作的《高堡奇人》和李道创作的诗歌集《变易》。

12.3.1 罗森菲尔德的小说《死与易经》与《易经》

《死与易经》是一部神秘小说（mystery novel），由罗森菲尔德女士创作，1981 年出版。出版之初就被称为"一本非常引人入胜的书……极具原创性"（A thrillingly engrossing book ... fascinatingly original.）[57]。

该小说除篇首的"楔子"和篇尾的"作者附言"外，全书结构如表 12-2：

表 12-2 小说《死与易经》的结构表

标　题	卦　名	英文解释	字面意思
Standstill	否 12	Heaven and earth moving apart - the image of Standstill. Disorder and confusion prevail.	《象》曰：天地不交而万物不通。
Biting Through	噬嗑 21	The situation bodes ill but favors the process of the law. The theme of this hexagram is a criminal lawsuit.	凶多吉少，却利用狱。本卦主题是刑事诉讼。
Attraction	咸 31	The attraction is present, but those involved are not yet aware of it.	"咸"已现，但涉身其中者还懵懂未知。
The Unexpected	无妄 25	Trouble is at hand. Be careful all day long.	有眚。终日乾乾。
Clarity - Insight	巽 57	The situation is grave. It furthers one to seek the help of a sage -	情况严重。利求助圣人——

---

56 李伟荣，"汉学家闵福德与《易经》研究"，《中国文化研究》，2016 年第 2 期，第 153 页。

57 见小说《死与易经》的封底。Lulia Rosenfeld, *Death and the I Ching*, New York: Clarkson N. Potter, Inc., 1981.

		a man of superior intellect and high moral worth.	智力超群和道德高尚的人。
Coming to meet	姤 44	Boldly and of her own accord, the woman comes halfway to meet the man.	女人半路上邂逅男人，大胆而自愿。
Holding together	比 8	If they remain united in their hearts, all obstacles will be overcome.	若他们内心团结，则将克服障碍。
Darkening of the Light	明夷 36	Entering the earth, all light is extinguished. Darkening of the Light means wounding.	明入地中。《明夷》意味着伤害。
The Marriageable Maiden	归妹 54	The young girl follows the man of her choice. But undertakings bring misfortune, for the lines are not in their proper places.	少女跟从心上人。征凶，位不当也。
Shock	震 51	Three kinds of shock. The shock of heaven, which is thunder. The shock of fate. The shock of the heart.	有三"震"：天"震"，震为雷；命"震"；和心"震"。
Preponderance of the Great	大过 28	The weight of the load is too great. The ridgepole that holds up the roof sags. Disaster.	负载太重。栋桡。凶。
Splitting Apart	剥 23	The forces of darkness splinter the light. Splitting Apart means ruin.	黑暗的势力分裂光明。"剥"亡。
The Estranged	睽 38	The estrangement does not preclude all agreement. But it has come about through an inner condition and outer circumstances cannot change it.	"睽"无法阻止一致。但由于内外环境而无法改变它。
The Flame	离 30	Its coming is sudden. It flames up - dies down - is thrown away -	突如其来如焚如，死如，弃如。

Breakthrough	夬 43	Owing to circumstances, there is a change in conditions, a breakthrough. The strong determine the affairs of the weak.	《夬》 决也。 刚决柔也。
Gathering Together	萃 45	Gathering together amid sighs. There will be no error if we advance. but we may suffer some regret.	《萃》于叹息。 征无咎。 有悔。
K'an The Abyss	坎 29	The danger can no longer be averted. Nothing can save him.	危险不再能避免， 没有什么可以救他。
The Power of the Great（The Oracle Speaks for the Last Time）	大壮 34	That which is strong and that which is right are one. The road has opened.	刚正为一。 道路已开辟。

　　整部小说共十八章，其中共提到《易经》中的二十二个卦名，除标题的十八个卦名外，"楔子"里卜到了"Possession in Great Measure"（大有卦）；第七章里，"比卦"中有一变爻，于是得到"同人卦"；在最后一章里，尼克（Nick）的朋友葛雷（Grey）第一次为尼克卜得"旅卦"，后来才卜到"大壮卦"，而因为"大壮卦"中的变爻，他们又得到了"泰卦"。

　　从小说最后的"跋"（Author's Note）中我们可知，罗森菲尔德小说中引用的《易经》有多种版本，其中最主要是卫礼贤—贝恩斯的《易经》英译本、蒲乐道的《易经》英译本和理雅各的《易经》英译本。由此可见这些译本在英语世界（西方）的影响很大。不过作者不是直接引用译文，很多地方都进行了处理，或只取了卦名作标题，或取了部分象辞，或取了部分象辞。例如在扉页上，小说作者就引用了：

If a person consulting the oracle

is not in touch with tao

he does not receive an intelligible answer,

since it would be of no avail.

— *The I Ching*

这是卫礼贤在翻译了《系辞传》"《易》之为书也，不可远……初率其辞，而揆其方，既有典常。苟非其人，道不虚行。"[58]之后对这段话的理解，大意是"如果卜问占卦而不与道相联系的话，那么他就不会得到明晰的答案，因为这样做是毫无效果的。"这句话无疑在整部小说中具有提纲挈领的作用，整部小说似乎都是对这句话的回应。[59]

《易经》进入英语世界之后，在其接受过程中经历了"变异"。"变异"之所以发生，其直接原因是因为误读或误解，例如小说中的人物多数对《易经》是存在误解的；另外，英语世界里最初因为《易经》中存在着有利于传教的因子而受到传教士的青睐，后来又因为其迷信或预卜功能而得以在英语世界得到更大范围的传播，最后因为中西方文化的融合、互动才慢慢让人体悟到其精髓：《易经》预兆的并不是某一具体事件，而是对一种趋势的预测，以便于我们在灾祸还未降临前，得以做好准备以使灾祸免于发生或使损失降至最少！这一点，小说作者曾借小说人物葛雷之口和盘托出。葛雷告诉尼克，《易经》是一本占筮书，某种程度也是一本哲学书。至于如何解释其中的卦，葛雷说不能用西方的因果观念来解释[60]；也曾稍显遗憾地告诉莱蒂说，预测只是一时有效，没有什么卦会永远持续的。从终极意义上说，这就是《易经》所能教导我们的。[61]而同时，《易经》在其他方面的应用也慢慢为英语世界所认识，例如《易经》的文学性以及《易》无达占等昭示的文学开放性也慢慢为英语世界的有识之士所认识。

12.3.2 菲利普·K·迪克的小说《高堡奇人》与《易经》

菲利普·K·迪克生于 1928 年，逝于 1982 年，美国著名作家，以科幻小说名闻世界。一生共创作并出版长篇小说 44 部和短篇小说 121 篇，代表作有《少数派报告》、《尤比克》、《仿生人会梦见电子羊吗？》、《高堡奇人》、《流吧！我的眼泪》等，以其小说改编的电影《银翼杀手》风靡全球。与《易经》

---

58 英文见 Richard Wilhelm, *The I Ching, or Book of Changes*. The Richard Wilhelm Translation rendered into English by Cary F. Baynes with Forward by C. G. Jung and Preface to the Third Edition by Hellmut Wilhelm, New Jersey: Princeton University Press, 1990. p. 349.

59 详情请见李伟荣等，"《易经》在英语文学创作中的接受与变异——以罗森菲尔德《死与〈易经〉》为个案"，《中外文化与文论》，2018 年第 1 期，第 133-151 页。

60 Lulla Rosenfeld, *Death and the I Ching*, New York: Clarkson N. Potter, Inc., 1981, p. 42.

61 Lulla Rosenfeld, *Death and the I Ching*, New York: Clarkson N. Potter, Inc., 1981, p. 67.

关系紧密的便是他创作的《高堡奇人》(*The Man in the High Castle*,或译作《高城堡里的人》)。《高堡奇人》是迪克最受欢迎的小说,也是其杰作之一。[62]

在一篇题名为《中孚》(*Chung Fu*: Inner Truth)的文章中,艾曼纽·卡瑞(Emmanuel Carrère)指出,迪克1960年第一次读到《易经》是在荣格的一篇文章中,然后他马上买到了《易经》,此后这本书从未离身过。可以说,1960年他发现《易经》使他抓住了世界先锋派潮流的尾声。他首先发动他妻子安妮阅读《易经》,很快全家都活在卜卦(oracle)模棱两可规则的氛围中,对各种问题都卜筮,甚至生活中最平淡无奇的决定都赖卜筮而定。[63]

帕米拉·杰克逊(Pamela Jachson)和乔纳森·利瑟姆(Jonathan Lethem)编辑的《菲利普·K·迪克的注释》(*The Exegesis of Philip K. Dick*)中的词条"*I Ching*"一书指出,迪克有一部两卷本博林根版本的卫礼贤/贝恩斯《易经》英译本,经常向《易经》求助(即卜卦),他声称在写作《高堡奇人》每每遇到情节转折时都通过运用《易经》卜卦的方式得以解决,而且也提到小说《高堡奇人》中有本卜筮书也运用了《易经》。[64]而在小说的"致谢"中,迪克明确指出他使用的《易经》英译本是由贝恩斯转译自卫礼贤《易经》德译本,属于博林根系列的第19部,1950年由万神殿图书公司(Pantheon Books)出版。[65]

迪克的《高堡奇人》以轴心国在二战中取得全面胜利的世界为背景,但迪克并没有构建一个庞大的架空世界,其作品更加关注在那个世界中人们的生存状态,这与一般的科幻小说完全不一样。当我们在阅读《高堡奇人》时,展现在我们眼前的实际上是三个平行的世界:

第一个是原作故事发生的那个世界(我们称之为"高堡世界"),在这个世界中德国和日本是世界的霸主;第二个世界是书中书《蝗虫成灾》(*The Grasshopper Lies Heavy*)的世界,美国和英国成为了世界的霸主;第三个便是我们(读者)所在的这个世界(我们称之为"现实世界"),对于这个世界的历史我们应该很熟悉了。更为重要的是,《易经》是《高堡奇人》中一

---

62 Christopher Parmer, "6. *The Man in the High Castle*: The Reasonableness and Madness of History", in Christopher Paimer, *Philip K. Dick: Exhilaration and Terror of the Postmodern*, Liverpool: Liverpool University Press, 2003, p. 109.

63 Emmanuel Carrère, *I am Alive and You are Dead: A Journey into the Mind of Philip K. Dick*, trans. Timothy Bent, New York: Metropolitan Books, p. 59.

64 Pamela Jackson and Jonathan Lethem eds., *The Exegesis of Philip K. Dick*, Boston and New York: Houghton Mifflin Harcourt, 2011, p. 925.

65 Philip K. Dick, *The Man in the High Castle*, New York: G. P. Putnam's Sons, 1962, p. 6.

个贯穿全文的结构性元素，例如小说中的主要人物弗兰克·弗林克（Frank Frink）、信介·田芥（Nobusuke Tagomi）、朱莉安娜（Juliana）、霍桑·阿本德森（Hawthorne Abendsen）等在关键时候都是求助于《易经》卜卦（oracle）来决定自己的行动，尽管有时候他们对于用《易经》来占卜的结果感到困惑。例如朱莉安娜杀了乔之后，因手足无措而向《易经》问卜，她得到的结果是：

> 是益卦第四十二，第二爻、第三爻、第四爻和上爻都是动爻，因此，变为夬卦第四十三。她急不可耐地浏览这相应的卦辞，抓住每一层意思，综合起来琢磨。天哪，卦上描述的和事实发生的一模一样——奇迹再一次出现了。发生过的一切以图解的方式呈现在她眼前：
>
> 利有攸往，
> 利涉大川。66

正是这一次占卜，让她走向了霍桑·阿本德森，从而得知《蝗虫成灾》一书是通过向《易经》问卜而写出的：

> 她对朱莉安娜说："我来告诉你，弗林克太太。霍桑通过阴阳爻线一个一个地作出了选择，成千上万个选择，比如历史分期、主题、人物和情节等等，每隔几行就要求问一次神谕，因此他费了好多年才写完这本书。霍桑甚至还求问神谕，问这本书会取得怎样的成功。神谕告诉他会取得巨大成功，他写作生涯中第一个真正意义上的成功。你说得对，是神谕帮他写了这本书。你一定也经常求问神谕，否则你是不会知道的。"67

---

66 [美]菲利普·迪克，《高城堡里的人》，李广荣译，南京：译林出版社，2013年，第 213-214 页。原文为：Hexagram Forty-two, Increase, with moving liens in the second, third, fourth and top places; therefore changing to Hexagram Forty-three, Breakthrough. She scanned the text ravenously, catching up the successive stages of meaning in her mind, gathering it and comprehending; Jesus, it depicted the situation exactly - a miracle once more. All that had happened, there before her eyes, blueprint, schematic:

　　It furthers one
　　To undertake something.
　　It furthers one to cross the great water.

67 [美]菲利普·迪克，《高城堡里的人》，李广荣译，南京：译林出版社，2013年，第 254 页。原文为：To Juliana she said, "I'll tell you, then, Mrs Frank. One by one Hawthorne made the choices. Thousands of them. By means of the lines. Historic period. Subject. Characters. Plot. It took years. Hawth even asked the oracle what sort

一本让党卫军"谈虎色变"而在德国全面遭禁的书《蝗虫成灾》就是这样写出来的，有点让人匪夷所思，但是却似乎又入情入理。其主要的原因，就是这部书借助了《易经》作为全书的结构枢纽，因为作者菲利普·迪克是相信《易经》的预卜功能的。当然，尽管他相信《易经》的预卜功能，但是时不时地，他也对此有所保留，例如：

> 卦辞和爻辞怎么会如此截然相反？以前从没发生过这样的情况。吉兆和凶兆混合在一起。这是一个多么诡异的命运啊！神谕像发了疯的厨子，把桶底剩下来的东西刮一刮，把各种残渣碎粪搅一搅，端到你的面前。他想，一定是我同时揿了两个按钮，把工作程序给卡住了，所以神谕才给出了对现实世界的混乱看法。还好只是片刻的工夫，并没有持续很久。
>
> 见鬼，他想，只能有一个结果，要么吉要么凶，不可能又凶又吉。
>
> 或者……可以同时兼有？[68]

这是弗林克在别人劝他自己经营创意工艺品时，他拿不定主意，所以向《易经》求助，但是卜问的结果并不令他满意，而令他慌张，甚至怀疑。但是，当他进一步思考的时候，他发现变爻会带来新的结果，因此他自言自语地说：

> 我的一生都在等待这样的机遇。当神谕说"必有所成"的时候，一定是这个意思。关键是时辰。现在是什么时辰？是什么时刻？泰卦第十一中，上爻变动可以把整个卦象变成大畜卦第二十六。阴爻变成阳爻，新的时刻会出现。我当时慌慌张张的，竟然没有注意这一点。

---

of success it would be. It told him that it would be a very great success, the first real one of his career. So you were right. You must use the oracle quite a lot yourself, to have known."

68 [美]菲利普·迪克，《高城堡里的人》，李广荣译，南京：译林出版社，2013 年，第 254 页。原文为：And how could they be so different? It had never happened to him before, good fortune and doom mixed together in the oracle's prophecy; what a weird fate, as if the oracle had scraped the bottom of the barrel, tossed up every sort of rag, bone, and turd of the dark, then reversed itself and poured in the light like a cook gone barmy. I must have pressed two buttons at once, he decided; jammed the works and got this shclimazl's-eye view of reality. Just for a second - fortunately. Didn't last.

Hell, he thought, it has to be one or the other; it can't be both. You can't have good fortune and doom simultaneously.

Or … can you?

我敢肯定，这就是为什么我会有那么可怕动爻的原因。有了这个动爻，泰卦第十一才能转变成大畜卦第二十六。因此，在这场纷纷扰扰中，我是不会完蛋的。[69]

保罗·蒙特佛德（Paul Mountfort）指出，《高堡奇人》这部小说的中心情节的推动工具就是小说中主要人物周期性地使用《易经》来占卜；并且，认为《易经》在整部小说中的贡献在于其对它的概念设计，因为正是这一概念设计使得这部小说成了现代文学中特别主要的一部文本。[70]

《高堡奇人》这样一部在国际上具有相当地位的科幻小说，包括里面作为原小说的《蝗虫成灾》都是通过《易经》这一结构性要素而井然成篇的，《易经》在全世界的重要影响由此可见一斑。

12.3.3 李道的诗集《变易》与《易经》

李道，这名字看似地道的中国人，却不是中国人，而是英国人，原名 Richard Berengarten，1943 年出生于伦敦一个音乐家家庭，曾旅居意大利、希腊、美国和前南斯拉夫，国际知名诗人，剑桥大学驻校诗人、教授，创作的诗歌融合了英国、法国、地中海地区、犹太教、斯拉夫、美国和东方影响，以 Richard Burns 之名出版了超过 25 本著作，获奖无数。目前已出版精选文集八卷，分别是第一卷《为了生活：长诗选集（1965-2000）》（*For the living: Selected Longer Poems, 1965-2000*）、第二卷《经理》（*The Manager*）、第三卷《蓝蝴蝶》（*The Blue Butterfly - The Balkan Trilogy, Part 1*）、第四卷《干旱之季》（*In a Time of Drought - The Balkan Trilogy, Part 2*）、第五卷《巴尔干灯光下》（*Under the Balkan Light - The Balkan Trilogy, Part 3*）、第六卷《指南，第一个一百》（*Manual, the first hundred*）、第七卷《不，玄想商赖》（*Notness, metaphysical sonnets*）、第八卷《变易》（*Changing*）；其他诗集分别有《双笛》（*Double Flute*）、《学着说话》（*Learning to Talk*）、《无有乡的一半》（*Half of Nowhere*）、《抵制完美》（*Against Perfection*）、《没有封底的书》（*Book with No Back Cover*）；散文集《转换的关键》（*Keys to Transformation: Ceri Richards and Dylan Thomas Imagems 1*）；作为编辑，曾编辑出版《献给奥克塔维奥·帕斯的八度音阶》（*An*

---

69 [美]菲利普·迪克，《高城堡里的人》，李广荣译，南京：译林出版社，2013 年，第 49-50 页。

70 Paul Mountfort, The *I Ching* and Philip K. Dick's *The Man in the High Castle*, Science Fiction Studies, Vol. 43, No. 2（July 2016）, pp. 287-309.

Octave for Octavio Paz）、《谢里·理查兹：迪伦·托马斯诗作的插画》（*Ceri Richards: Drawings to Poems by Dylan Thomas*）、《生命之河》（*Rivers of Life*）、《用可见的墨书写：罗贝托·萨内西诗选（1955-1979）》（*In Visible Ink: Selected Poems, Roberto Sanesi 1955-1979*）、《致敬曼德尔斯塔姆》（*Homage to Mandelstam*）、《南斯拉夫之外》（*Out of Yugoslavia*）、《为了安格斯》（*For Angus*）和《完美的秩序：纳索斯·瓦叶南斯诗选（1974-2010）》（*The Perfect Order: Selected Poems, Nasos Vayenas, 1974-2010*）。[71]

李道结缘于《易经》是在 60 多年前。那是 1962 年，那年李道刚刚 19 岁，正是剑桥大学攻读英语的本科生；而他第一首直接取材于《易经》的诗歌《两潭相连的湖》（Two lakes, joined）发表于 1984 年；而在 20 世纪 90 年代，他开始想写一部基于《易经》的诗集，在 2002 年他首次尝试将这些诗歌收集起来，2003 年以《随》（Following）之名出现在《没有封底的书》（*Book with No Back Cover*）[72]，最终全部收集在《变易》这一部诗集中，并于 2016 年出版。

李道自己说，他通过组成结构（compositional structure）的不同层次来复制和调适其建筑模式（architectonic patterns）的方式来紧密地仿照《易经》而创作其诗集《变易》。在微观层面，基于创作诗歌《两潭相连的湖》（Two lakes, joined）时自发出现的简单形式，每首诗 6 诗节，每节 3 行。通过这种方式，六画卦和三画卦的形式隐含地在每一首诗歌的排版（mise-en-page）中得以再-呈现（再-呼唤、再-象征、重复、复制等）。而在宏观层面，诗集《变易》共有 64 组组诗，一组再—呈现（re-present）一卦。每一组诗以斜体的"头诗"（head-poem）开始，紧随其后的是六首诗，对应每一卦的六爻。另外，每首诗都有一条"底线"（base-line），如图 12-2 所示：

---

71 这些信息均出自李道诗歌新著《变易》（*Changing*）的前两页：Richard Berengarten, *Changing*, Bristol, UK: Shearsman Books Ltd, 2016.

72 Richard Berengarten, *Changing*, Bristol, UK: Shearsman Books Ltd, 2016, pp. 523-525.

(1)

Initiating

图 12-2　乾卦

这个"底线"既是诗集本身的内在组成部分，又是注解（gloss）。这些"底线"大部分都与《易经》密切相关。[73] 从上图可以看出，这一页的"底线"就是解释"乾卦"的卦形是"乾上乾下"（"天上天下"），即

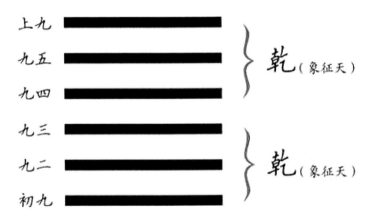

图 12-3　乾卦构成

李道的诗集《变易》是他的精心之作，为了给其著作添色，他特意做了两件事情。

<hr />

[73] Richard Berengarten, *Changing*, Bristol, UK: Shearsman Books Ltd, 2016, p. 525.

一是请国际知名易学专家夏含夷（Edward L. Shaughnessy）撰写了序言。夏含夷的序言高屋建瓴，一方面将《易经》的诗歌特质与我国的第一部诗歌总集《诗经》紧密结合在一起，另一方面则将《易经》与柏拉图的《伊安篇》（*Ion*）进行横向关联，指出李道的诗集《变易》让我们有理由希望，不仅古代的神祇而且占卜者和神圣的先知都通过诗歌与人交流，不仅古代如此，现代也继续如此。[74]

二是请著名书法家、山东大学教授于明诠题写了封面的"易"字（请见图 12-4），以及六十四卦的卦名，给整部诗集增色不少。这也许是海外易学界的传统，自卫礼贤的《周易》译作请著名书法家、古文字学家董作宾题写书名"周易"后，后世很多主要的《易经》译作都有请著名书法家题写书名的做法，例如黄克孙[75]（Kerson Huang，1928-2016）和闵福德等莫不如此。

Changing

RICHARD BERENGARTEN

李道

图 12-4 李道诗集《变易》的封面

---

74 Richard Berengarten, *Changing*, Bristol, UK: Shearsman Books Ltd, 2016, pp. ix-x.
75 黄克孙是国际知名物理学家、翻译家、诗人、麻省理工学院教授。

还需要指出的一点是，李道的诗集《变易》翻译了六十四卦的卦名，而这些翻译与其他翻译都不一样，如果将其与理雅各和卫礼贤的翻译比较的话，会发现理雅各直接用音译方法（而且是用他自己创制的拼音方法）来处理六十四卦的卦名，从卦名根本看不出卦名有任何意义，如果要了解其意义，必须深入到文本中去探求；卫礼贤则兼采音译和解释的方法来处理这一问题，比理雅各的更直观也更易于理解；而李道则直接翻译，而且超过三分之一的翻译与卫礼贤的不同，如他将"乾"译为"Initiating"、"坤""Responding, Corresponding"、"屯""Beginning"、"蒙""Bringing up"、"师""Mustering, Conscripting"、"比""According, Binding"、"小畜""Small Blessing, Possessing"、"泰""Harmonising, Prospering"、"豫""Delighting"、"蛊""Rotting, Remedying"、"无妄""Untwisting"、"大畜""Big Blessing, Possessing"、"大过""Overbrimming"、"咸""Reciprocating"、"晋""Dawning"、"家人""Dwelling, Householding"、"睽""Separating"、"解""Relieving, Releasing"、"井""Welling, Replenishing"、"鼎""Cooking, Sacrificing"、"归妹""Wooing, Courting"、"丰""Abounding, Brimming"、"巽""Blowing, Billowing"、"小过""Overstepping"等。[76]他的翻译读起来让读者更易于理解，从而便于读者更好地进入到他的诗歌。限于篇幅，本文仅举一例[77]来进行说明（见图 12-5）：

这是根据"坤卦"而创作的第二组组诗中的第三首，诗歌的标题与本诗集的标题《变易》一样，算是本诗集的"主题诗"。全诗大意是说，变易不易理解和度量，任何事情都随时随地超越时空而运动，永远不变的只是变易本身，这与由《易经》衍生出来的中国哲学关于变易的思想是契合的，可以说，李道深得《易经》的精髓。

---

76 详情分别见三部书 James Legge, *The I Ching*（2nd Edition）, London: Clarendon Press, 1963; Richard Wilhelm, *The I Ching or Book of Changes*, rendered into English by Cary F. Baynes, Princeton University Press, 1950; Richard Berengarten, *Changing*, Bristol, UK: Shearsman Books Ltd, 2016.

77 Richard Berengarten, *Changing*, Bristol, UK: Shearsman Books Ltd, 2016, p. 17.

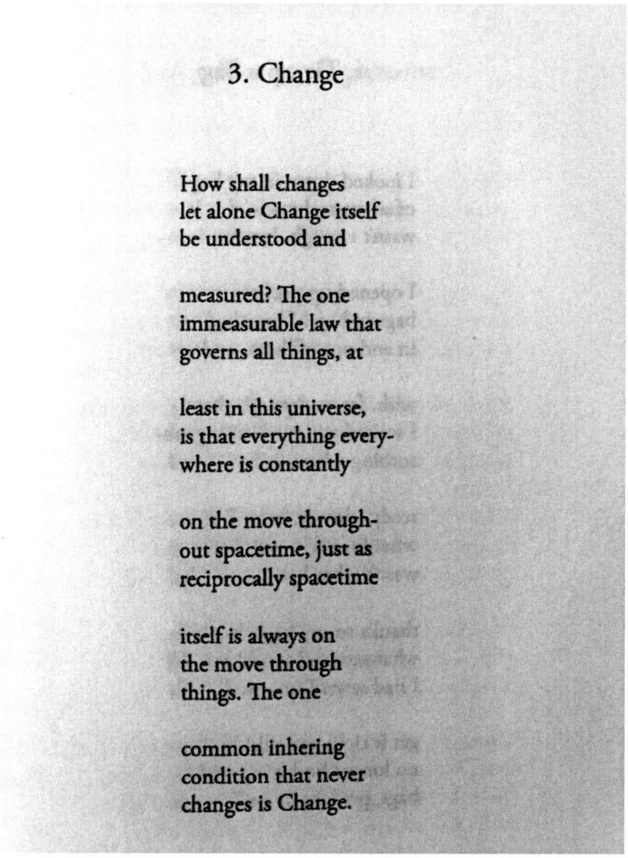

3. Change

How shall changes
let alone Change itself
be understood and

measured? The one
immeasurable law that
governs all things, at

least in this universe,
is that everything every-
where is constantly

on the move through-
out spacetime, just as
reciprocally spacetime

itself is always on
the move through
things. The one

common inhering
condition that never
changes is Change.

图 12-5　李道诗集《变易》中诗歌一首

随着李道这部诗集《变易》在英语世界得到越来越多的读者阅读，那么《易经》在英语世界的影响也许就像当初庞德（Ezra Pound）之翻译中国古诗而促生了英语世界著名的诗歌运动"意象派"一样，将具有长远和深刻的影响，《易经》因此而在英语世界乃至全世界将得到更为深广的传播，似乎也是可以期待的。

小结

《易经》在西方的影响是多方面的，它不仅引起西方学界对《易经》与文学关系的讨论和研究，还深入影响了西方世界的文学创作；同时要提请大家注意的是，《易经》不仅影响了英语世界的文学创作，而且也影响了其他语言的文学创作，例如诺贝尔文学奖获得者、德国著名文学家黑塞创作的《玻璃球游戏》（*Das Glasperlenspiel*）[78]。在黑塞眼里，《易经》既可用作卜筮之书，也可视之为智慧之书，书中所写的既可让我们思考也可让我们体验。[79]

    正如郑吉雄所说，欧美文学界由 Dick 到 Berengarten 从小说影响到诗歌，充分见证了《周易》跨国界、跨文化、跨学科的生生不息的生命力。[80]

78 范劲，"《玻璃球游戏》、《易经》和新浪漫主义理想"，《中国比较文学》，2011 年第 3 期，第 109-120 页；詹春花，"黑塞的《玻璃球游戏》与《易经》"，《外国文学评论》，2013 年第 4 期，第 196-211 页；詹春花，"黑塞与东方——论黑塞文学创作中的东方文化与中国文化因素"，华东师范大学博士学位论文，2006 年。

79 Herman Hesse, *My Belief: Essays on Life and Art*, ed. and with an introduction by Theodore Ziolkowski, trans. Denver Lindley, New YorK: Farrar, Strauss and Giroux, 1974, p. 391.

80 郑吉雄，"《周易》全球化：回顾与前瞻（二）"，《周易研究》，2018 年底 2 期，第 10 页。

结　语

通过以上十二章的研究，我们发现《易经》在英语世界具有很强的影响。利用世界上最大的图书检索系统"世界图书馆联机检索系统"（WorldCat，网址 https://www.worldcat.org/）对《易经》英译本的馆藏（详见附录）进行考察，我们有所发现：

首先，《易经》英译本的情况很有趣，馆藏最多的不是我们都特别熟悉的理雅各、卫礼贤等人的翻译，而是克利瑞的翻译。

其次，馆藏数量居于 1000 到 2000 之间中最多的是卫礼贤—贝恩斯译本（即先由卫礼贤德译、后由贝恩斯夫人转译为英语的译本），其他的则是林理彰译本、理雅各译本，以及司马富的专著，也包括由理雅各英译、由翟楚（Ch'u Chai）、翟文伯（Winberg Chai）父子校正的译本，这些译本有多种版本，同样在英语世界流通广泛，影响深远，尤其是理雅各译本，更是如此，因为他的译本以多种形式出版的最多。

本著作研究《易经》在英语世界的影响，主要包括三个方面。

第一、研究英语世界的《易经》英译本。由于英译本数量众多，无法一一考察，所以本著作主要集中于自麦丽芝牧师 1876 年的一个全译本以来在英语世界已有定评、具有广泛世界性影响的译本，主要包括麦丽芝译本、理雅各译本、蒲乐道译本、孔士特译本、夏含夷译本、林理彰译本和闵福德译本等七个译本；新世纪以来，又有多部高质量的译本出版，我只是在第十一章里提及到这些译本，并未做过多分析，期待以后有时间再做专门讨论。

第二、研究司马富的易学研究。因为司马富的易学研究在世界（尤其是英语世界）易学研究中具有范式转换的意义，所以本研究特别关注司马富对国内易学的起源、发展和演进等方面的研究，以及《易经》如何在西方世界进行传播和接受的。也就是说，司马富的易学研究使得国际易学研究产生了一定的转变，让全世界关注易学研究的学者开始对《易经》在中国和世界各地的演进发生兴趣。

第三、研究英语世界受《易经》影响而创作出的具有世界性影响的文学创作。其中，最具代表性的作品有美国著名科幻作家菲利普·K·迪克的科幻小说《高堡奇人》和英国著名诗人李道的诗集《变易》等。这些文学作品比《易经》本身更能引起大家的兴趣，因为文学作品是通过易感的、打动人心的方式，将抽象的、深奥的概念形象化、具象化，从而更好地打动读者。如此一来，读者不受《易经》的影响是不可能的，《易经》由此而开启了另一种影响世界的方式。

本著作的研究尽管是尝试性的、选择性的，而不是研究所有英语世界的译本、易学家的易学成果和受《易经》影响而创作的世界性文学作品，但是我们依然有以下发现：

第一、英语世界《易经》英译和易学研究的基础是中国传统易学和现当代易学的优秀成果。这说明英语世界乃至西方世界的易学研究不是"无本之木、无水之源"，而是基于国内的易学研究传统。例如理雅各译本的底本是《御纂周易折中》和《御制易经日讲经义释义》、林理彰译本的底本是王弼的《周易注》、夏含夷译本的底本是马王堆汉墓出土帛书《易经》等。

第二、英语世界《易经》英译和易学研究是中西方理论与传统相互结合的学术文化产物。仔细考察这些译本和这类研究，可以发现西方学者在翻译和研究《易经》时，其基本的理论基础还是西方理论，这一点我们是需要时刻铭记在心的，不能因为西方世界将我国的优秀作品翻译过去了，就沾沾自喜，而应该时刻警惕。

第三、英语世界《易经》英译和易学研究在英语世界具有广泛影响。一个明显例证是国际知名的文学家创作出了具有世界性影响的文学作品，从而促进了《易经》在世界文学中的重要意义。最有影响的作品，一是国际著名科幻作家菲利普·迪克创作的《高堡奇人》，不仅在科幻世界，而且在纯文学界，都是影响深远；二是国际著名诗人、剑桥大学驻校诗人李道教授创作的《变易》，不仅完全按《易经》的体例而进行诗歌创作，更是对焦延寿《焦氏易林》的致敬。

第四、《易经》在英语世界的传播与接受是中国文化"走出去"的优秀范例。一方面，《易经》在英语世界具有世界性影响的译本不断问世，另一方面，英语世界的作家们创作出了受《易经》影响而具有世界性影响的文学作品，从而使《易经》在英语世界深入人心。同时，《易经》在英语世界之所以具有世界性影响，是因为《易经》英译者和易学研究者不仅注意如何理解传统易学，更重要的是这些译者和研究者更注重在其译本和研究中注入自己的思想。具有世界性影响的《易经》英译本均为西方著名学者所为，而且具有世界性影响受《易经》影响和启发而创作出来具有世界性影响的世界文学作品也是由英语世界的著名作家而创作，这对于我国文化"走出去"具有深刻的启示意义。

本著作也存在的一些不足或欠缺和尚需深入研究的问题等，主要有如下四方面。

第一、本研究是选择性的，而非穷尽式的研究。主要原因是，首先，英语世界《易经》英译本数量众多，易学研究成果丰硕，本著作只能选择重要的、已有定评的权威译本和易学研究成果进行研究，而无法顾及次要译本和易学研究成果；其次，国外《易经》译本层出不穷，不断更新，对于 21 世纪的《易经》译本，本研究只研究了闵福德 2012 年出版的译本，而对 2011 年出版的裴松梅译本[1]、2017 年出版的雷文德译本[2]和戴维·亨顿译本[3]、2018 年出版的范多思译本[4]和再版的利策马与人合译的译本[5]，以及 2019 年出版的赫仁敦译本[6]和艾周思译本[7]，这些译本都是重要译本，代表着新世纪以来英语世

1　Margaret J. Pearson trans, *The Original I Ching: An Authentic Translation of the Book of Changes*. Tokyo, Rutland, Vermont, and Singapore: Tuttle Publishing. 2011.

2　Geoffrey P. Redmond trans., *The I Ching（Book of Changes）: A Critical Translation of the Ancient Text*, Bloomsbury Academic, 2017.

3　David Hinton tans., *I Ching: The Book of Change: A New Translation*, Farrar, Straus and Giroux, 2015.

4　Paul G. Fendos, Jr. trans. *The Book of Changes: A Modern Adaptation & Interpretation*. Wilmington, Delaware: Vernon Press. 2018.

5　Rudolf Ritsema and Shantena Augusto Sabbadini trans., *The Original I Ching Oracle or The Book of Changes: The Eranos I Ching Project*（Revised edition）, Watkins Publishing, 2018.

6　L. Michael Harrington, *The Yi River Commentary on the Book of Changes*. New Haven and London: Yale University. 2019.

7　Joseph A. Adler, *The Original Meaning of the Yijing: Commentary on the Scripture of Change*. New York: Columbia University Press. 2019.以及 Joseph A. Adler, *Introduction*

界易学研究的新进展，但是本著作没有对它们进行研究；再次，国外易学研究成果也是日新月异，不断推陈出新，本研究只选取了司马富的易学成果进行研究，而无暇顾及英语世界更多易学学者的著作；最后，华裔学者对中华文化有着与西方易学者迥异的背景，对于《易经》和易学成果在英语世界的推广具有不可低估的作用，其中如成中英、杜维明、韩子奇等的研究尤其值得关注，而本研究也付诸阙如。凡此种种，均是英语世界《易经》研究后续应该持续关注的。

第二、中外易学研究之间互动研究尚需进一步推进。英语世界易学研究和国内易学研究既有相同之处，也有不同之处，"同"是因为研究源头都是中国的《易经》，"异"则主要体现在中西思维方式存在根本差异，中外易学研究之间互动研究尚需进一步从比较文学变异学、中西比较哲学角度对其进行深入研究。

第三、国内外尚缺乏从总体把握《易经》对西方学术界诸如哲学、医学、文学、数术、科技史等方面的综合研究。例如，李约瑟对于《易经》就颇有研究，但是学界似乎更多关注他对科技和科技史的研究，而没有研究《易经》及其理念对于他研究中国科技的关键性影响。

第四、缺乏从思想史的视角来研究英语世界的《易经》英译史和易学研究史。但是，这一研究对于中外易学研究的进一步发展，使之成为世界文化遗产的重要组成部分具有非常重要的意义。

《易经》在英语世界乃至全世界都有着非常重要的影响，这是毋庸置疑的。但是具体有什么影响，必须有定量研究和定性研究来阐明，也就是说必须得有确凿的证据，本著作聚焦于英语世界《易经》研究的三大方面，具体而言主要是翻译、研究和文学创作，进行了一定的探索，也得出了一些结论。但是，这些探索和结论都只是开始，而不是结束。

---

to the Study of the Classic of Change（I-hsüeh ch'i-meng）. New York: Global Scholarly Publications. 2002.

致　谢

写作这部著作，我得到许许多多的帮助。

首先，诚挚地感谢领我入门的老师们，尤其是我的硕士导师宁一中教授和博士导师曹顺庆教授。宁老师引领我深入到英语文学中，领略英语文学之美，我博士阶段之所以能够较快地进入英语世界的《易经》研究，是跟他的谆谆教诲分不开的。曹老师则为我打开了另一扇窗，是一个我以前根本没有想过的窗。从 2007 年入学以来，从确定选题到撰写论文，甚至到现在的学习和研究，曹老师一直在关心着我的成长和发展。我由衷地感谢和感恩人生路上有这样两位重要的导师！

其次，诸多师友在我的研究和撰写论文中给予了种种帮助，例如阎纯德教授、李清良教授、汪宝荣教授、李林编审、乔修峰研究员、李海军教授、黄晓燕教授、董明伟副研究员、齐林涛博士（澳大利亚莫纳什大学）、成蕾博士、何俊博士、董杨博士、罗明辉博士、邓超群博士、曹莉博士、田访博士、耿健博士、吴越环博士（越南社会科学院）、朴性日（北京大学韩籍博士生）等。他们或是趁着在国外访学之际帮助我查阅并下载研究时我所需要的重要文献，或是替我解决在研究中遇到的法语、德语、日语、俄语、西班牙语等语言方面的问题，或是与我进行理论探讨从而完善我的研究，或是在精神上予我各种支持，促我奋进，或是向我约稿，给我提供发表平台。帮助我的师友还有很多，限于篇幅，这里只能列举上面提及的很少一部分。

写作过程中，我到国内外的一些图书馆借阅过研究所需的重要文献，主要有中国国家图书馆、湖南大学图书馆、四川大学图书馆、美国加州大学柏克莱分校东亚图书馆、美国加州大学圣塔克鲁兹分校图书馆、斯坦福大学东亚图书馆和美国科罗拉多州立大学图书馆等。我对这些图书馆提供的优质借阅服务非常感谢，正是由于他们的周到服务，我才得以阅读到研究中所需要的文献。

此外，本部著作中的大部分文章都曾在各类学术刊物上发表，主要有《中外文化与文论》、《汉学研究》、《外语学刊》、《中国文化研究》、《湖南大学学报（社会科学版）》、《燕山大学学报（哲学社会科学版）》、《湖南工业大学学报（社会科学版）》等，对这些刊物及相关编辑表示诚挚的谢意。

在完成这部著作的过程中，我得到了国家社科基金、湖南省社科基金的资助，从而能够让我购买各种研究所需的书籍和文献，特此申谢！

当然，这部著作最终能够完成，离不开家人的全力支持！在此表示由衷的感恩！

跋

从形式上看，这部著作是完成了。

首先，正如《文心雕龙·神思》所云："方其搦翰，气倍辞前，暨乎篇成，半折心始。"，这里所完成的只能说是最初设计的部分内容。还有一些内容，例如 21 世纪以来新出的英译本和相关著作未能得到研究，从域外这个大范畴来说"东亚汉文化圈"包括日本、越南、韩国等的易学研究也未能得到研究，欧洲除英语外其他语言中的易学研究也值得深入研究，等等。

第二，域外易学与中国传统易学有同有异。如果要更好地揭示相异之处，比较好的办法是从诠释范式的转变这一视角来进行，其中包括关键词的诠释。这一方面的研究，对于我个人而言，还属于起步阶段。这部著作未能更多从这方面进行，是一个遗憾。

第三，这部著作依然处于描写阶段，未能深入到思想层面。理想的状态是通过考察和梳理中外易学研究异同的内涵特征，来研究和揭示域外易学思想的时代变迁轨迹及其内在动因。

上面提及的三个方面，我想只能在后续的研究中进行了。这里提出来，一是对前一阶段研究进行总结，二是对后续研究着力之处的期待。

2021 年 5 月 25 日
广州荔湾区初稿
2021 年 8 月 7 日
湖南长沙修改定稿

参考文献

1. Albert Bates Lord. *The Singer of Tales*, Atheneum, 1974.

2. Álvaro Semedo. *Imperio de la China. I Cultura Evangelica en èl, por los Religios de la Compañia de Iesus*. Madrid: Iuan Sanchez, 1642.

3. Anonymous. "The Philosopher Choo-foo-tsze", *Edinburg Review or Critical Journal*, Vol. 146, 1877.

4. Arthur Waley, "Leibniz and Fu Hsi", *Bulletin of the School of Oriental and African Studies*, Volume 2, Issue 1, February 1921.

5. Bauer Wolfgang. Entfremdung, Verklärung, "Entschlüβelung: Grundlinien der deutschen Übersetzungsliteratur aus dem Chinesischen in unserem Jahrhundert"（Estrangement, Transfiguration, Decoding: Baselines of German Translations of Chinese Literature in our Century）, in *Martin und Eckardt*, 1993.

6. Benjamin Wai-ming Ng. *The I Ching in Tokugawa Thought and Culture*. Honolulu: University of Hawai'i Press. 2000.

7. ----. *The Making of the Global Yijing in the Modern World: Cross-cultural Interpretations and Interactions*. Singapore: Springer Nature Singapore Pte Ltd. 2021.

8. Bent Nielsen. *A Companion to Yijing Numerology and Cosmology: Chinese Studies of Images and Numbers from Han 漢（202 BE - 220 CE）to Song 宋（960 - 1279 CE）*. London & New York: RoutledgeCurzon. 2003.

9. ----. A Review on *Fathoming the Cosmos and Ordering the World: The Yijing (I-Ching, or Classic of Changes) and Its Evolution in China* by Richard J. Smith, *The Journal of Asian Studies*, Vol. 69, No. 1（February 2010）.

10. C. H. Wang. *The Bell and the Drum: Shih Ching as Formulaic Poetry in an Oral Tradition*, Berkeley: University of California Press, 1974.

11. Charles de Harlez. *Le Yi-king traduit d'aprés les interprêtes chinois avec la version mandchoue.* Brussels: F. Hayez, 1889.

12. Charles Sanders Peirce. *Collected Works*, edited by Charles Hartshorne and Paul Weiss（Cambridge, MA: Harvard University Press, 1931-58）, Vol. IV.

13. Chi-fang Lee. Wang T'ao（1828-1897）: His Life, Thought, Scholarship, and Literary Achievement. The University of Wisconsin, PhD. Dissertation. 1973.

14. Chung-ying Cheng. A Bibliography of the *I Ching* in Western Languages. With the assistance of Elton Johnson. *Journal of Chinese Philosophy*. 1987（14）. pp. 73-90.

15. ----. *The Primary Way: Philosophy of Yijing.* Albany, NY: State University of New York Press, 2020.

16. Christine A. Hale. A Review of *The I Ching: A Biography* by Richard J. Smith, *China Review International*, Vol. 19, No. 3（2012）.

17. Christopher Parmer. "6. *The Man in the High Castle*: The Reasonableness and Madness of History", in Christopher Paimer, *Philip K. Dick: Exhilaration and Terror of the Postmodern*, Liverpool: Liverpool University Press, 2003.

18. Claude Visdelou. "Notice du Livre Chinois Nommé *Y-King, Livre Canonique des Changemens*, avec des Notes. in Gaubil et al. *Le Chou-King, un des Livres Sacrés des Chinois, Qui renferme les Fondements de leur ancienne Historie, les Principes de leur Gouvernement & de leur Morale; Ouvrage Recueilli par Confucius.* ed. M. de Guines. Paris: N. M. Tilliard. 1770.

19. Claudia von Collani ed. *Eine wissenschaftliche Akademie jar China. Briefe des Chinamissionars Joachim Bouvet S.J. an Gottfried Wilhelm Leibniz und Jean-Paul Bignon iiber die Erforschung der chinesischen Kultur, Sprache und Geschichte*（Studia Leibnitiana, Sonderheft 18）, Stuttgart, 1989.

20. ----. "The First Encounter of the West with the *Yijing*: Introduction to and Edition of Letters and Latin Translations by French Jesuits from the 18th Century", *Monumenta Serica*, 55（2007）.

21. Cyril Birch. "Preface", in John Minford and Joseph. S. M. Lau eds., *Classical Chinese Literature: From Antiquity to the Tang Dynasty*, Hong Kong: The Chinese University Press, 2000.

22. David E. Mungello, "Leibniz's Interpretation of Neo-Confucianism", *Philosophy East and West*, Vol. 21, No. 1（Jan., 1971）.

23. ----, "Die Quellen für das Chinabild Leibnizens", *Studia Leibnitziana*, 14（1982）.

24. ----, *Curious Land: Jesuit Accommodation and the Origins of Sinology*, Stuttgart: Franz Steiner Verlag, 1985.

25. David Hinton ed., *I Ching: The Book of Change: A New Translation*, Farrar, Straus and Giroux, 2015.

26. David N. Keightley. "Shih Cheng 釋貞: A New Hypothesis About the Nature of Shang Divination, paper presented at the annual conference of Asian Studies on the Pacific Coast, Monterey, CA, 17 June, 1972.

27. David R. Knechtges. The Perils and Pleasures of Translation: The Case of the Chinese Classics. *Tsing Hua Journal of Chinese Studies*, Vol. 34, No. 1, 2004.

28. ---- and Taiping Chang. *Ancient and Early Medieval Chinese Literature: A Reference Guid（Part Three）*. Leiden & Boston: Brill. 2014.

29. Donald F. Lach, "Leibniz and China", *Journal of the History of Ideas*, Vol. 6, No. 4（Oct., 1945）.

30. Douglas Robinson ed. *The Pushing Hands of Translation and its Theory: In Memoriam Martha Cheung, 1953-2013*, Routledge, 2016.

31. Edward Hacker, Steve Moore, and Lorraine Patsco eds. *I Ching: An Annotated Bibliography*. New York & London: Routledge. 2002.

32. Edward L. Shaughnessy. *The Composition of the Zhouyi*. Unpublished PhD. Dissertation, Stanford University, 1983.

33. ----. Marriage, Divorce, and Revolution: Reading between the Lines of the Book of Changes[J], *The Journal of Asian Studies*, Vol. 51, No. 3, 1992.

34. ---- trans. *I Ching: the Classic of Changes, the First English Translation of the Newly Discovered Second Century B.C. Mawangdui Texts, Classics of Ancient China*. New York: Ballantine Books, 1996.

35. ----. *Unearthing the Changes: Recently Discovered Manuscripts of the Yijing (I Ching) and Related Texts*. New York: Columbia University Press. 2014.

36. Emmanuel Carrère. *I am Alive and You are Dead: A Journey into the Mind of Philip K. Dick*, trans. Timothy Bent, New York: Metropolitan Books.

37. Eugene Stock. *The History of the Church Missionary Society: Its Environments, Its Men and Its Work*（3 vols）, London: Church Missionary Society, 1899, Vol. I, II and III.

38. Frank J. Swetz, "Leibniz, the *Yijing*, and the Religious Conversion of the Chinese", *Mathematics Magazine*, Vol. 76, No. 4（Oct., 2003）.

39. Franklin Perkins, *Leibniz and China: A Commerce of Light*, Cambridge: Cambridge University Press, 2004.

40. Fu Huisheng trans. *The Zhou Book of Change*, Changsha: Hunan People's Publishing House, 2008.

41. G. W. Leibniz, Explication de l'arithmetique binaire, avec des remarques sur son utilite, et sur ce qu'elle donne le sens des annciennes figures Chinoises de Fohy, *Memoires de l'Academic Royale des Science*, vol. 3, 1703.

42. Gabriel de Magalhães. *Nouvelle Relation de la Chine, Contenant la Description des Particularitez les plus Considerable de ce grand Empire*. Paris: C. Barbin, 1688.

43. Geoffrey P. Redmond trans. *The I Ching（Book of Changes）: A Critical Translation of the Ancient Text*, 2017.

44. Gianni Criveller, *Preaching Christ in Late Ming China: The Jesuits' Presentation of Christ from Matteo Ricci to Giulio Aleni*. Taipei: Taipei Ricci Institute, 1997.

45. Giorgio Melisa. "Chinese Philosophy and Classics in the Works of Martino Martini, S. J.（1614-1661）." *International Symposium on Chinese-Western Cultural Interchange*, Taipei, September 1983.

46. Hartmut Walravens & Thomas Zimmer eds. *Richard Wilhelm（1873-1930）: Missionar in China und Vermittler chinesischen Geistesgutes*. Nettetal: Steyler Verlag, 2008.

47. Hans Zacher. *Die Hauptschriften zur Dyadik von G. W. Leibniz*, Frankfurt am Main: V. Klostermann, 1973.

48. Hellmut Wilhelm. *Change: Eight Lectures on the I Ching*. New York: Harper, 1964.

49. ----. *The Book of Changes in the Western Tradition: A Selected Bibliography*. Seattle: Institute for Comparative and Foreign Area Studies, University of Washington, 1976.

50. ----. *Heaven, Earth and Man in the Book of Changes*. Seattle: University of Washington Press, 1977

51. Henri Bernhard. *Sagesse chinoise et philosophie chrétienne essai sur leurs relations historiques*, Procure de la Mission de Sienshien, Tientsin, 1935.

52. Henri Cordier. *L'imprimerie Sino-Europeenne en Chine. Bibliographie des ouvrages publics en Chine par les Europeens au XVII et au XVIII siècle*, Paris, 1901.

53. ----. "Die Chinamission von 1520-1630," in M. Venard und H. Smolinsky, *Die Geschichie des Christentums: Religion Politik, Kultur*. Bd. 8: *Die Zeit der Konfessionen*, Freiburg, 1992.

54. Herman Hesse. *My Belief: Essays on Life and Art*, ed. and with an introduction by Theodore Ziolkowski, trans. Denver Lindley, New YorK: Farrar, Strauss and Giroux, 1974.

55. *I Ging. Das Buch der Wandlungen*. Aus dem Chinesischen verdeutscht und erl utert von Richard Wilhelm. Jena: Diederichs, 1924.

56. Iulian K. Shchutskii. *Researches on the I Ching*, trans. William L. MacDonald and Tsuyoshi Hasegawa with Hellmut Wilhelm, Bollingen Series LXII. 2. New Jersey: Princeton University Press, 1979.

57. J. Lee Schroeder. A Book Review on *The Classic of Changes: A New Translation of the I Ching as Interpreted by Wang Bi* Translated by Richard John Lynn, *Journal of Chinese Philosophy*, 23（1996）.

58. James A. Ryan. Leibniz' Binary System and Shao Yong's "Yijing". *Philosophy East and West*. Jan., Vol. 46, No. 1, 1996.

59. James J. Y. Liu. *Chinese Theories of Literature*, Chicago: The University of Chicago Press, 1975.

60. James Legge. *The Yi King*（*The Texts of Confucianism* from *Sacred Books of China*, Vol. 16, Part II）. Oxford: Clarendon Press. 1882.

61. Jean-Baptiste Régis. *Y-king, Antiquissimus Sinarum Liber Quem ex Latina Interpretatione*. Vol. I. editit Julius Mohl. Stuttgartiae et Tubingae. 1834.

62. Joachim Bouvet, *Portrait historique de l'Empereur de la Chine, Paris*, 1697.

63. John Blofeld. *I Ching（The Book of Change）: A New Translation of the Ancient Chinese Text with Detailed Instructions for Its Practical Use in Divination*. New York: Penguin Compass. 1968.

64. ----. *My Journey in Mystic China: Old Pu's Travel Diary*, trans. Daniel Reid. Rochester,Vermont: Inner Traditions. 2008.

65. John Chalmers. A Review on Thomas McClatchie's *Confucian Cosmogony*, in *China Review*, 1874.

66. ----. "The Sacred Books of the East", *China Review*, 15: 1（1886）

67. John Miles Foley. *The Theory of Oral Composition: History and Methodology*, Bloomington and Indianapolis: Indiana University Press, 1988.

68. John Minford. "嘉 The Triumph: A Heritage of Sorts", *China Heritage Quarterly*, No. 19, September 2009.

69. ----. *I Ching（Yijing）, The Book of Change: The Essential Translation of the Ancient Chinese Oracle and Book of Wisdom*. New York: Penguin. 2014.

70. ----. *Tao Te Ching: The Essential Translation of the Ancient Chinese Book of Tao*. Penguin, 2018.

71. John T. P. Lai. "Doctrinal Dispute within Interdenominational Missions: The Shanghai Tract Committee in the 1840s", *Journal of the Royal Asiatic Society of Great Britain & Ireland*, 2010, Vol. 20 Issue 03.

72. John W. Witek, S. J., *Controversial Ideas in China and in Europe: A Bibliography of Jean-François Foucquet, S. J.（1665-1741）*. Institutum Historicum S.I., Roma, 1982.

73. Joseph A. Adler. *Introduction to the Study of the Classic of Change（I-hsüeh ch'i-meng）*. New York: Global Scholarly Publications. 2002.

74. ----. A Review on "John Minford, trans., *I Ching（Yijing）: The Book of Change*", in *Dao: A Journal of Comparative Philosophy*, vol. 14, no. 1, 2015.

75. ----. *The Original Meaning of the Yijing: Commentary on the Scripture of Change*. New York: Columbia University Press. 2019.

76. Joseph Edkins. "Dr. James Legge", *North China Herald*, 1898-04-12.

77. Joseph Needham, "Addendum on the *Book of Changes* and the Binary Arithmetic of Leibnitz", in Joseph Needham, *Science and Civilisation*, Vol. II, *History of Scientific Thought*, Cambridge: Cambridge University Press, 1956.

78. Julia Ching, "The Confucian Way（Tao）and its Transmission（Tao-t'ung）", *Journal of History of Ideas*. 35（1974）. Wing-tsit Chan, "Chu Hsi's Completion of Neo-Confucianism", ed. François Aubin, *Sung Studies, Memoriam Étienne Balazs*（2nd Series）. 1（1973）.

79. K. C. Chang. *Art, Myth and Ritual: The Path to Political Authority in Ancient China*, Cambridge: Harvard University Press, 1983.

80. Kidder Smith. "Contextualized Translation of the *Yijing*", *Philosophy East and West*, Vol. 49, No. 3, Human "Nature" in Chinese Philosophy: A Panel of the 1995 Annual Meeting of the Association for Asian Studies（Jul., 1999）.

81. Knud Lundbæk, "The First European Translations of Chinese Historical and Philosophical Works", in Thomas H. C. Lee, *China and Europe: images and influences in sixteenth to eighteenth centuries.* Shatin, N. T., Hong Kong: The Chinese University of Hong Kong, 1991.

82. ----, *Joseph de Prémare*, Aarhus University Press, 1991.

83. L. Michael Harrington. *The Yi River Commentary on the Book of Changes.* New Haven and London: Yale University. 2019.

84. Lama Anagarika Govinda. "Forword", in John Blofeld trans., *I Ching, The Chinese Book of Change*, London: Allen & Unwin, 1965.

85. Lauren F. Pfister. "The Legecy of James Legge", *International Bulletin of Missionary Research*, Vol. 22. No. 2（April 1998）.

86. ----. *Striving for "the Whole Duty of Man": James Legge and the Scottish Protestant Encounter with China, Assessing Confluences in Scottish Nonconformism, Chinese Missionary Scholarship, Victorian Sinology, and Chinese Protestantism.* New York: Peter Lang, 2004.

87. Lionel M. Jensen, *Manufacturing Confucianism: Chinese Traditions and Universal Civilization.* Durham: Duke University Press, 1997.

88. Longxi Zhang. *The Dao and the Logos*, Durham: Duke University Press, 1992.

89. Lulia Rosenfeld. *Death and the I Ching*, New York: Clarkson N. Potter, Inc., 1981.

90. Margaret J. Pearson. *The Original I Ching: An Authentic Translation of the Book of Changes.* Tokyo, Rutland, Vermont, and Singapore: Tuttle Publishing. 2011.

91. Martina Bölck. "Richard Wilhelm und das I Ging im Film", http://www. de-cn.net/mag/flm/de8494841.htm, accessed on April 4, 2012.

92. Martino Martini. *Sinicae Historiae decas prima, Res à gentis Origine ad Christum natum in extrema Asia, sive Magno Sinarum Imperio gestas complexa.* Amstelædami: Joannem Blaev, 1659.

93. Ming Dong Gu. "Elucidation of Images in the *Book of Changes*: Ancient Insights into Modern Language Philosophy and Hermeneutics", *Journal of Chinese Philosophy*, 31:4（December 2004）.

94. Nathan Sivin. A Review on The Book of Change by John Blofeld, *Harvard Journal of Asiatic Studies*, Vol. 26,（1966）.

95. Nicolas Standaert, "The Jesuits Did Not Manufacture 'Confucianism'," *East Asian Science*.（16）1999.

96. ---- ed. *Handbook of Christianity in China 2*, Leiden: Brill, 2001.

97. Norman J. Girardot. *The Victorian Translation of China: James Legge's Oriental Pilgrimage*. University of California Press. 2002.

98. Pamela Jackson and Jonathan Lethem eds. *The Exegesis of Philip K.* Dick, Boston and New York: Houghton Mifflin Harcourt, 2011.

99. Paul G. Fendos, Jr. Book of Changes Studies in Korea. *Asian Studies Review*. 1999, Vol.23（1）, pp. 49-68.

100. ----. trans. *The Book of Changes: A Modern Adaptation & Interpretation*. Wilmington, Delaware: Vernon Press. 2018.

101. Paul Mountfort. The *I Ching* and Philip K. Dick's *The Man in the High Castle*, *Science Fiction Studies*, Vol. 43, No. 2（July 2016）.

102. Paul Pelliot, A Review on Arthur Waley's "Leibniz and Fu His", *T'oung Pao*,（21）1922.

103. Pauline C. Yu. *The Reading of Imagery in the Chinese Poetic Tradition*, New Jersey: Princeton University Press, 1987.

104. Paul-Louis-Felix Philastre. Tsheou Yi: Le Yi King ou Livre des changeents de la dynasties des Tsheou. *Annales du Musée Guimet*. Vols. VIII and XXIII, Paris: Leroux, 1885 and 1893.

105. Peggy Kames. "Der Sinologe Richard Wilhelm im Film - Bettina Wilhelm und ihr Projekt 'Wandlungen'", http://www.de-cn.net/mag/ flm/de3515038.htm, accessed on April 4, 2012.

106. Philip K. Dick. *The Man in the High Castle*, New York: G. P. Putnam's Sons, 1962.

107. Prosperi Intorcetta et al. *Confucius Sinarum Philosophus, Sive, Scientia Sinensis Latine Exposita*. Paris: Apud Danielem Horthemels, 1687.

108. René Etiemble, *L'Europe Chinoise*, Paris: Gallimard, 1988.

109. Richard A. Kunst, The Original *Yijing*: A Text, Phonetic Transcription, Translation, and Indexes, with Sample Glosses, PhD. diss. in Oriental languages, University of California, Berkeley, 1985.

110. Richard Berengarten, *Changing*, Bristol, UK: Shearsman Books Ltd, 2016.

111. Richard J. Smith, "Acknowledgements", in Richard J. Smith, *Fathoming the Cosmos and Ordering the World: The Yijing（I-Ching, or Classic of Changes）and its Evolution in China*, Charlottesville and London: University of Virginia Press, 2008.

112. ----. "Preface", in Richard J. Smith, *China's Cultural Heritage: The Ch'ing Dynasty, 1644-1912*, Boulder, Colorado: Westview Press & London: Francis Pinter, 1983a.

113. ----. *China's Cultural Heritage: The Ch'ing Dynasty, 1644-1912*, Boulder, Colorado: Westview Press & London: Francis Pinter, 1983b.

114. ----. "Knowing Fate": Divination in Late Imperial China, *Journal of Chinese Studies*, 3.2, 1986.

115. ----. *Fortune-tellers and Philosophers: Divination in Traditional Chinese Society*, Boulder, San Francisco, Oxford: Westview Press, 1991.

116. ----. *Chinese Almanacs*, Hong Kong, Oxford, and New York: Oxford University Press, 1992.

117. ----, "Divination in Ch'ing Dynasty China", in Richard J. Smith and D. W. Y. Kwok eds., *Cosmology, Ontology, and Human Efficacy: Essays in Chinese Thought*, Honolulu: University of Hawaii Press, 1993.

118. ----. *Fathoming the Cosmos and Ordering the World: The Yijing（I Ching, or Classic of Changes）and Its Evolution in China*. Charlottesville and London: University of Virginia Press, 2008a.

119. ----, "Divination in Late Imperial China: New Light on Some Old Problems", in On-Cho Ng ed., *The Imperative of Understanding: Chinese Philosophy, Comparative Philosophy, and Onto-hermeneutics*, New York, NY: Global Scholarly Publications, 2008b.

120. ----. Select Bibliography of Works on the *Yijing*《易經》Since 1985. *Journal of Chinese Philosophy*. 2009（36）. pp. 152-163.

121. ----. How the *Book of Changes* Arrived in the West. *New England Review*, Volume 33, Number 1, 2012a.

122. ----. *The I Ching: A Biography*. Princeton, NY: Princeton University Press, 2012b.

123. ----. Fathoming the *Changes*: the Evolution of Some Technical Terms and Interpretive Strategies in *Yijing* Exegesis. *Journal of Chinese Philosophy*. 40（S）, 2013a.

124. ----, "Divination in the Qing", in Richard J. Smith, *Mapping China and Managing the World: Culture, Cartography and Cosmology in Late Imperial Times*, Milton Park, Oxfordshire, England: Routledge Press, 2013b.

125. Richard John Lynn trans. *The Classic of Changes: a New Translation of the I Ching as Interpreted by Wang Bi*. New York; Chichester: Columbia University Press, 1994.

126. Richard Rutt. *The Book of Change（Zhouyi）: A Bronze Age Document*. London & New York: RoutledgeCurzon. 2002.

127. Richard Wilhelm. *The Soul of China*. trans. Reece, John Holroyd（with the poems translated by Arthur Waley）. New York: Harcourt, Brace and Company. 1928.

128. ----. *Lectures on the I Ching: Constancy and Change*, trans. Irene Eber. Princeton: Princeton University Press（Bollingen Series 19.2）, 1979.

129. ----. *The I Ching or Book of Changes, the Richard Wilhelm Translation rendered into English by Cary F. Baynes*. Princeton: Princeton University Press. 1975（Reprint in 1998）.

130. ----. *Die Seele Chinas.* Wiesbaden: marixverlag, 2009.

131. Robert Morrison. *A Dictionary of the Chinese Language, in Three Parts. Part the First, containing Chinese and English Arranged According to the keys; Part the Second, Chinese and English arranged alphabetically, and Part the Third, Consisting of English and Chinese.* Macau: East India Company's Press. 1815-1823.

132. Roderick Main, A Book Review on *The Classic of Changes: A New Translation of the I Ching as Interpreted by Wang Bi* trans. by Richard John Lynn, *Journal of Chinese Philosophy.*

133. Rudolf Ritsema and Shantena Augusto Sabbadini trans., *The Original I Ching Oracle or The Book of Changes: The Eranos I Ching Project*（Revised edition）, Watkins Publishing, 2018.

134. S. Wells Williams. *A Syllabic Dictionary of the Chinese Language: Arranged according to the Wu-Fang Yuen Yin, with the Pronunciation of the Characters as Heard in Peking, Canton, Amoy, and Shanghai.* Shanghai: American Presbyterian Mission Press. 1874.

135. Shih-hsiang Ch'en. "The *Shih-ching*: Its Generic Significance in Chinese Literary History and Poetics," *Bulletin of the Institute of History and Philology, Academia Sinica* 39（1969）,（repr. in *Studies in Chinese Literary Genres*, ed. Cyril Birch, Berkeley: University of California Press, 1974.

136. Stephen Owen. *Readings in Chinese Literary Thought*, Cambridge: Council on East Asian Studies, Harvard University, 1992.

137. ----. "Yin Yang Inc. A Book Review on *The Classic of Changes: A New Translation of the I Ching as Interpreted by Wang Bi* translated by Richard John Lynn", *The New Republic*, 22: 211（November 22, 1994）.

138. ---- ed. *The Cambridge History of Chinese Literature（vol. 1）*, Cambridge, UK: Cambridge University Press, 2010.

139. Terrien de Lacouperie. The Oldest Book of the Chinese（the Yh-King）and Its Author. *Journal of Royal Asiatic Society of Great Britain and Ireland.* Vol. 14, 1882: 781-815 and Vol. 15, 1883: 237-289.

140. *The I Ching, or Book of Changes. The Richard Wilhelm Translation rendered into English by Cary F. Beynes, Forward by C. G. Jung, Preface to the Third Edition by Hellmut Wilhelm*, Princeton: Princeton University Press, 1990.

141. Thomas Cleary. *The Tao of Organization: The I Ching for Group Dynamics*. Boston: Shambhala. 1995.

142. Thomas McClatchie trans. *Confucian Cosmogony-A Translation of Section Forty-nine of the Complete Works of the Philosopher Choo-foo-tsze, with Explanatory Notes*, Shanghai: American Presbyterian Mission Press and London: Trübner, 1875.

143. ----. "The Yih King"（A Correspondence）, *Chinese Recorder and Missionary Journal*, vol. 7, 1876.

144. ----. *A Translation of the Confucian 易經 or the "Classic of Change" with Notes and Appendix*. Shanghai: American Presbyterian Mission Press, 1876.

145. Thomas W. Kingsmill. "In Memoriam"（of Rev. Canon McClatchie）, *Journal of the China Branch of the Royal Asiatic Society*, Vol. 20, 1885.

146. Tze-ki Hon. A Review on *Fathoming the Cosmos and Ordering the World: The Yijing（I-Ching, or Classic of Changes）and Its Evolution in China* by Richard J. Smith, *Philosophy East and West*, Vol. 62, No. 1（JANUARY 2012）.

147. Victor H. Mair ed. *The Columbia History of Chinese Literature*, New York, NY: Columbia University Press, 2001.

148. W. E. Soothill. *The Hall of Light: A Study of Early Chinese Kingship*, NY: Philosophical Library 1952.

149. W. F. Mayers. *The Chinese Reader's Manual: A Handbook of Biographical, Historical, Mythological, and General Literary Reference*. Shanghai: American Presbyterian Mission Press. 1874.

150. Walter H. Medhurst. *A Dissertation on the Theology of the Chinese with a View to the Elucidation of the Most Appropriate Term for Expressing the Deity*, Shanghai: American Presbyterian Mission Press, 1847.

151. Young Woon Ko. *Jung on Synchronicity and Yijing: A Critical Approach*, Cambridge Scholars Publishing, 2011.

152. [法]白晋：《康熙皇帝》，赵晨译，哈尔滨：黑龙江人民出版社，1981 年。

153. [法]谢和耐、[法]戴密微等，《明清间耶稣会士入华与中西汇通》，耿昇译，北京：东方出版社，2011 年。

154. [德]莱布尼茨，"关于只用两记记号 0 和 1 的二进制算术的阐释——和对它的用途以及它所给出的中国古代伏羲图的意义的评注"，孙永平，载朱伯昆主编《国际易学研究》（第五辑），华夏出版社，1999 年。

155. [德]彭吉蒂，"德译中国：文学接受、经典文本及德国汉学的历史"，见耿幼壮、杨慧林主编，《世界汉学》（第 7 卷），北京：中国人民大学出版社，2011 年。

156. [德]胜雅律，"德语国家《易经》研究概况"，《中华易学大辞典》编委会编：《中华易学大辞典》（下），上海：上海古籍出版社，2009 年。

157. [美]成中英：《易学本体论》，北京：北京大学出版社，2006 年。

158. [美]顾明栋，"《周易》明象与现代语言哲学及诠释学"，《中山大学学报（社会科学版）》，2009 年第 4 期，第 1-14 页。

159. ——"《周易》明象：现代语言哲学与诠释学的古代"，见[美]顾明栋，《原创的焦虑——语言、文学、文化研究的多元途径》，南京：南京大学出版社，2009 年。

160. ——"跨文化视野下的《周易》性质新论——一个独特而又开放的表征阐释系统"，《厦门大学学报（哲学社会科学版）》，2018 年第 3 期，第 66-78 页。

161. [美]菲利普·迪克，《高城堡里的人》，李广荣译，南京：译林出版社，2013 年。

162. [美]费乐仁，"攀登汉学中喜马拉雅山的巨擘——从比较理雅各（1815-1897）和尉礼贤（1873-1930）翻译及诠释儒教古典经文中所得之启迪"，陈京英译，《中国文哲研究通讯》，第 15 卷第 2 期。

163. [美]刘若愚，《中国文学理论》，杜国清译，南京：江苏教育出版社，2006 年。

164. [美]魏若望，"法国入华耶稣会士傅圣泽对中国的研究"，见[法]谢和耐[法]戴密微等著，《明清间耶稣会士入华与中西汇通》，耿昇译，北京：东方出版社，2011 年。

165. [美]夏含夷，"说乾专直，坤翕辟象意"，《文史》（第三十辑），1988 年。

166. ——《古史异观》，上海：上海古籍出版社，2005 年。

167. ——"从出土文献资料看《周易》的编纂"，见郑吉雄主编：《周易经传文献新诠》，台北：台大出版中心，2010 年。

168. ——"'兴'与'象'：简论占卜和诗歌的关系及其对《诗经》和《周易》的形成之影响"。见[美]夏含夷，《兴与象——中国古代文化史论集》，上海：上海古籍出版社，2012 年。

169. [美]许倬云，"序"，见[美]张海惠主编，《北美中国学——研究概述与文献资源》，北京：中华书局，2010 年，第 1 页。

170. [美]张海惠主编，《北美中国学——研究概述与文献资源》，北京：中华书局，2010 年，第 1 页。

171. [葡]安文思，《中国新史》（国家清史编纂委员会·编译丛刊），何高济、李申译，郑州：大象出版社，2004 年。

172. [葡]曾德昭，《大中国志》，何高济译，李申校，上海：上海古籍出版社，1998 年

173. [日]宫崎市定，《宫崎市定读〈论语〉》，王新新等译，桂林：广西师范大学出版社，2019 年。

174. [日]长谷部英一，"日本《易经》研究概况"见《中华易学大辞典》编辑委员会编：《中华易学大辞典》（下），上海：上海古籍出版社，2008 年。

175. [瑞]高本汉，《汉文典》（修订本），潘悟云等编译，上海：上海辞书出版社，1997 年。

176. [新]关诗珮，《译者与学者：香港与大英帝国中文知识建构》，香港：牛津大学出版社，2017 年。

177. [意]利玛窦，《天主实义》，见朱维铮主编，《利玛窦中文著译集》（原版于香港城市大学出版社），上海：复旦大学出版社，2001 年。

178. [意]柯毅霖，《晚明基督论》，王志成、思竹、王建达译，成都：四川人民出版社，1999 年。

179. [英]蒲乐道，《老蒲游记：一个外国人对中国的回忆》（第二版），香港：明报出版社，1990 年。

180. 蔡尚思，郭沫若《周易》论著序，见蔡尚思主编：《十家论易》，2006 年。

181. 蔡郁焄，卫礼贤、卫德明父子《易》学研究——天地人合一之思想，台北：台湾师范大学国文系博士论文，2014 年。

182. 陈登，"利玛窦伦理思想研究——兼论利玛窦对中国文化的会通"，湖南师范大学博士学位论文，2002 年。

183. 陈乐民，"莱布尼茨与中国——兼及'儒学'与欧洲启蒙时期"，《开放时代》，2000 年第 5 期。

184. 陈良运，《〈周易〉与中国文学》，南昌：百花洲文艺出版社，2010 年。

185. 陈世骧，"原兴：兼论中国文学特质"，见陈世骧，《陈世骧文存》，沈阳：辽宁教育出版社，1998 年。

186. 陈世骧，"姿与 GESTURE——中西文艺批评研究点滴"，见陈世骧，《陈世骧文存》，沈阳：辽宁教育出版社，1998 年。

187. 陈寿，《三国志·魏书·钟会传》，裴松之注，吴金华点校，长沙：岳麓书社，2002 年。

188. 陈松长，"帛书《系辞》释文"。陈鼓应主编，《道家文化研究》（第三辑）．上海：上海古籍出版社，1994 年。

189. 陈威瑨，《日本江户时代儒家〈易〉学研究》，台北：政大出版社，2015。

190. 程颐，《程氏易传》，梁韦弦导读，济南：齐鲁书社，2003 年。

191. 戴镏龄，"英语教学旧人旧事杂记"，《戴镏龄文集——智者的历程》，广州：广东人民出版社，2004 年。

192. 丁四新、吴晓欣、邹啸宇，"英语世界的易学研究述评"，见武汉大学中国高校哲学社会科学发展与评价研究中心组编，《海外人文社会科学发展年度报告 2016》，武汉：武汉大学出版社，2016 年，第 1-61 页。

193. 凡木，"《周易》西行：关于《周易》的德译与英译"，《读书》，1992 年第 1 期。

194. 范劲，"《玻璃球游戏》、《易经》和新浪漫主义理想"，《中国比较文学》，2011 年第 3 期。

195. 方豪，"十七八世纪来华西人对中国经籍之研究"，见方豪，《中国天主教史论丛》（甲集），重庆：商务印书馆，1944 年（1947 年上海重印）。

196. ——《中国天主教史人物传》（上），北京：中华书局，1988 年。

197. ——《中国天主教史人物传》（中），北京：中华书局，1988 年。

198. ——《中国天主教史人物传》（下），北京：中华书局，1988 年。

199. 冯天瑜，"明清之际厘定的三个重要术语"，《术语标准化与信息技术》，2006 年第 2 期。

200. 高亨，《周易大传今注》，济南：齐鲁书社，1998 年（2008 年第 6 次印刷）。

201. ——《周易古经今注》，北京：清华大学出版社，2010 年。

202. 高源，"儒家典籍在欧洲首次译介考辨"，《历史研究》，2021 年第 1 期，第 207-216 页。

203. 管恩森，"传教士视阈下的汉籍传译：以理雅各英译《周易》为例"，《周易研究》，2012 年第 3 期。

204. 管黎明，"汉学家闵福德翻译出版英文《易经》"，见美国《侨报》（*The China Press*），2014 年 11 月 14 日，详见 http://ny.usqiaobao.com/spotlight/2014/11-15/58960.html，访问日期：2014 年 11 月 28 日。

205. 郭沫若，《郭沫若全集》（历史编第一卷），北京：人民出版社，1982 年。

206. ——"《周易》时代的社会生活"，见蔡尚思主编：《十家论易》，上海：上海人民出版社，2006 年。

207. 郭庆藩撰，王孝鱼点校，《庄子集释》（全四册），北京：中华书局，1961 年。

208. 韩高年，"《周易》卦爻辞所见商代贞人考"，《广州大学学报（社会科学版）》，2008 年第 10 期。

209. 韩琦，"白晋的《易经》研究和康熙时代的'西学中源'说"，《汉学研究》，1998 年，第 16 卷第 1 期。

210. ——"再论白晋的《易经》研究——从梵蒂冈教廷图书馆所藏手稿分析其研究背景、目的及反响",载荣新江、李孝聪主编:《中外关系史:新史料与新问题》,北京:科学出版社,2004 年。

211. 韩自强,《阜阳汉简〈周易〉研究》,上海:上海古籍出版社,2004 年。

212. 何兆武、何高济,"中译者序言",见[意]利玛窦、[比]金尼阁著,《利玛窦中国札记》(上、下),何高济、王遵仲、李申译,何兆武校,北京:中华书局,1983 年。

213. 胡阳、李长铎,《莱布尼茨二进制与伏羲八卦图考》,上海:世纪出版集团,2006 年。

214. 黄沛荣,"文献整理与经典诠释——以《易经》研究为例"。见李学勤、朱伯崑等著,廖名春选编,《周易二十讲》,北京:华夏出版社,2008 年。

215. 黄寿祺、张善文,《周易译注》,上海:上海古籍出版社,2007 年。

216. 黄晓峰,"夏含夷:重写中国古代文献",《山西青年》,2013 年第 19 期。

217. 黄一农,"被忽略的声音——介绍中国天主教徒对'礼仪问题'态度的文献",《清华学报》,1995 年,新第 25 期。

218. 贾洪伟,"中华文化典籍外译的推进路径研究",《外语学刊》,2017 年第 4 期。

219. 江辛眉,"伯希和《马可•波罗游记诠释》简介",《中国史研究》,1959 年第 2 期。

220. 姜广辉主编,《中国经学思想史》(第一卷),北京:中国社会科学出版社,2003 年。

221. 蒋锐,"卫礼贤汉学生涯的三个阶段",见孙立新、蒋锐主编,《东西方之间:中外学者论卫礼贤》,济南:山东大学出版社,2004,第 99 页。

222. ——"卫礼贤论中国文化",见蒋锐编译:《东方之光——卫礼贤论中国文化》,北京:外语教学与研究出版社,2007 年。

223. 蒋栋元,《利玛窦与中西文化交流》,徐州:中国矿业大学出版社,2008 年。

224. 金良年，《中国神秘文化百科知识》，上海：上海文化出版社，1994 年（1997 年第三版）。

225. 康熙，"《御制周易折中》凡例"，见李光地主纂，刘大钧整理，《御制周易折中》，成都：巴蜀书社，2010 年。

226. 赖贵三，"十七至十九世纪法国易学发展史略"（上），《巴黎视野》，2011 年 6 月，第 15，18-22 页。

227. ——"十七至十九世纪法国易学发展史略"（下），《巴黎视野》，2011 年 9 月，第 16，20-27 页。

228. ——"韩国朝鲜李氏王朝(1392-1910)《易》学研究"，《东海中文学报》，2013 年第 25 卷，第 1-26 页。

229. ——《东西博雅道殊同——国际汉学与易学专题研究》，台北：里仁书局，2015 年。

230. 蓝仁哲，"《易经》在欧洲的传播：兼评利雅格和卫礼贤的《易经》译本"，《四川外国语学院学报》，1991 年第 2 期。

231. 李光地主纂，《御制周易折中》，刘大钧整理，成都：巴蜀书社，2010 年。

232. 李镜池，《周易探源》，北京：中华书局，1978 年（2007 年第 4 此印刷）。

233. ——《周易通义》，北京：中华书局，1981 年（2007 年第 6 次印刷）。

234. 李欧梵，"大江东去——杂忆两位翻译大师"，《苹果日报》，2011 年 8 月 28 日。

235. 李伟荣，"英语世界的《易经》研究"，四川大学博士学位论文，2012 年。

236. ——"麦丽芝牧师与英语世界第一部《易经》译本：一个历史视角"，《中外文化与文论》，2013 年第 1 期，第 11-23 页。

237. ——"中国文化'走出去'的外部路径研究——兼论中国文化国际影响力"，《中国文化研究》，2015 年第 3 期，第 29-46 页。

238. ——"20 世纪中期以来《易经》在英语世界的译介与传播"，《燕山大学学报（哲学社会科学版）》，2016 年第 5 期，第 87-95 页。

239. ——"汉学家闵福德与《易经》研究"，《中国文化研究》，2016 年第 2 期，第 150-162 页。

240. ——"理雅各英译《易经》及其易学思想述评"，《湖南大学学报（社会科学版）》，2016 年第 2 期，第 126-132 页。

241. ——"夏含夷与易学研究——兼及典籍翻译与中国文化国际影响力之间的辩证关系"，《外语学刊》，2020 年第 4 期，第 90-96 页。

242. 李伟荣、贺川生、曾凡桂，"皮尔士对雅柯布森的影响"，《湖南大学学报》（哲学社会科学版），2007 年第 2 期。

243. 李伟荣、刘湘苹、郭紫云，"《易经》在英语文学创作中的接受与变异——以罗森菲尔德《死与易经》为个案"，《中外文化与文论》，2018 年第 1 期，第 133-151 页。

244. 李学勤，"新发现简帛佚籍对学术史的影响"，见陈鼓应主编《道家文化研究》（第 18 辑），2008 年。

245. 李雪涛，"《易经》德译过程与佛典汉译的译场制度"，《读书》，2010 年第 12 期。

246. 廖娟，中国と日本における易经学の近代的变容，东京：日本东京大学东亚思想文化专攻博士论文，2019 年。

247. 廖名春、陈松长，"帛书《二三子问》《易之义》《要》释文"，陈鼓应主编，《道家文化研究》（第三辑）．上海：上海古籍出版社，1994 年。

248. 林金水，"《易经》传入西方史略"，《文史》（第二十九辑），北京：中华书局，1988 年。

249. ——"明清之际士大夫与中西礼仪之争"，《历史研究》，1993 年第 2 期。

250. 刘百闵，"莱布尼茨的周易学——与白进往复讨论的几封信"，载李证刚等编著，《易学讨论集》，商务印书馆，1941 年。

251. 刘保贞，《〈周易〉与中国文学》，北京：生活·读书·新知三联书店，2018 年。

252. 刘大均，"帛《易》与汉代今文《易》"，《儒家典籍与思想研究》，2009 年。

253. 刘大均、林忠军译注，《周易经传白话解》，上海：上海古籍出版社，2006 年。

254. 刘家和、[美]邵东方，"理雅各英译《书经》及《竹书纪年》析论"，《中央研究院历史语言研究所集刊》（第七十一本第三分），2000 年。

255. ——"理雅各英译《书经》及《竹书纪年》"，见刘家和，《史学、经学与思想——在世界史背景下对于中国古代历史文化的思考》，北京：北京师范大学出版社，2005 年。

256. 刘绍铭，"《鹿鼎记》英译漫谈"，载王秋桂编：《金庸小说国际学术研讨会论文集》，台北：远流出版事业股份有限公司，1999 年。

257. 刘心武："一篇小序的由来"，《读书》，1985 年 06 期。

258. 刘正，《中国易学》，北京：中国编译出版社，2015 年。

259. 楼宇烈，"校释说明"，楼宇烈校释，《王弼集校释》（上册），北京：中华书局，1980 年。

260. 卢静，"历时与共时视阈下的译者风格研究"，上海外国语大学博士论文，2013 年。

261. 陆扬，"荣格释《易经》"，《中国比较文学》，1998 年第 3 期。

262. 莫东寅，《汉学发达史》，郑州：大象出版社，2006 年。

263. 潘世秀、王志明，《〈周易〉与中国文学》，兰州：敦煌文艺出版社，1996 年。

264. 沈定平，《明清之际中西文化交流史——明代：调适与会通》（增订本），北京：商务印书馆，2007 年。

265. 申荷永、高岚，《易经》与"心理分析"——重访爱诺思，《周易研究》，2001 年第 3 期，第 74-78 页。

266. 沈信甫，理雅各与卫礼贤英译《易》学比较研究，台北：台湾师范大学国文系博士论文，2017 年。

267. 沈志权，《〈周易〉与中国文学的形成》，杭州：浙江大学出版社，2009 年。

268. 司马迁，《史记·儒林列传》，北京：中华书局，2010 年。

269. 孙小礼，"莱布尼茨与中西文化交流"，《自然辩证法研究》，1993 年，第 9 卷第 12 期，第 1-8,72 页。

270. ——"关于莱布尼茨的一个误传与他对中国易图的解释和猜想"，《自然辩证法通讯》，1999 年第 2 期，第 52-59,80 页。

271. ——《莱布尼茨与中国》，北京：首都师范大学出版社，2006 年。

272. 万献初，"《五车韵府》文献源流与性质考论"，《文献》，2015 年第 3 期，第 166-176 页。

273. 王弼，《周易注》，见楼宇烈：《王弼集校释》（两卷本），北京：中华书局，1980 年。

274. ——《周易略例·明象》，见楼宇烈：《王弼集校释》，北京：中华书局，1980 年。

275. 王韬，"送西儒理雅各回国序"，见王韬：《弢园文录外编》（近世文献丛刊），上海：上海书店出版社，2002 年。

276. 王韬、徐建寅、李圭、黎庶昌，《漫游随录·环游地球新录·西洋杂志·欧游杂录》（钟叔河主编的《走向世界丛书》之一），长沙：岳麓书社，1985 年。

277. 王万象，"余宝琳的中西诗学意象论"，《台北大学中文学报》，2008 年，第 4 期。

278. 王云五主编，劳乃宣撰；《清劳韧叟先生乃宣自订年谱》，台北：台湾商务印书馆，1978 年。

279. 闻一多，《周易与庄子研究》，成都：巴蜀书社，2003 年。

280. 吴伯娅，"耶稣会会士白晋对《易经》的研究"，见中国中外关系史学会编，《中西初识二编——明清之际中国和西方国家的文化交流之二》，2000 年。

281. 吴钧，"论《易经》的英译与世界传播"，《周易研究》，2011 年第 1 期。

282. ——"理雅各的《易经》英译"，《湖南大学学报》（社会科学版），2013 年第 1 期。

283. 吴丽达，"白晋（Joachim Bouvet）研究《易经》史事稽考"，《汉学研究》，第 15 卷第 1 期。

284. 吴孟雪："前言"，见吴孟雪：《明清时期——欧洲人眼中的中国》，北京：中华书局，2000 年。

285. 吴孟雪、曾丽雅，《明代欧洲汉学史》（张西平、方鸣主编），北京：东方出版社，2000 年。

286. 吴伟明，《易学对德川日本的影响》，香港：中文大学出版社，2009 年。

287. 田莎、朱健平，"朱学英语译介二百年"，《外语教学与研究》，2020 年第 2 期，第 296-308、321 页。

288. ——"被神学化的朱子理气论——麦丽芝英译《御纂朱子全书》研究"，《中国文化研究》，2020 年第 4 期，第 150-160 页。

289. ——"十九世纪朱子太极观英译的发起与演进"，《中国翻译》，2021 年第 2 期，第 37-46、189 页。

290. 夏大常，《礼记祭礼泡制》，法国巴黎国家图书馆藏本。

291. 熊文华，《英国汉学史》，北京：学苑出版社，2007 年。

292. 许明龙，《欧洲十八世纪中国热》，北京：外语教学与研究出版社，2007 年。

293. 许仁图，《一代大儒爱新觉罗·毓鋆》，上海：上海三联书店，2014 年。

294. 杨宏声，《本土与域外：超越的周易文化》，上海：上海社会科学院出版社，1995 年。

295. ——"明清之际在华耶稣会之《易》说"，《周易研究》，2003 年第 6 期。

296. ——"朝鲜半岛《易经》研究概况"，见《中华易学大辞典》编辑委员会编：《中华易学大辞典》（下），上海：上海古籍出版社，2008 年。

297. 元青，"晚清汉英、英汉双语词典编纂出版的兴起与发展"，《近代史研究》，2013 年第 1 期，第 94-106 页。

298. 岳峰，"《易经》英译风格探微"，《湖南大学学报》（社会科学版），2001 年第 2 期。

299. ——"试析《周易》英译的失与误"，《山东科技大学学报》，2001 年第 3 期。

300. ——"架设东西方的桥梁——英国汉学家理雅各研究"，福建师范大学博士学位论文，2003 年。

301. 岳峰、郑锦怀，"西方汉学先驱罗明坚的生平与著译成就考察"，《东方论坛》，2010 年第 3 期。

302. 詹春花，"黑塞与东方——论黑塞文学创作中的东方文化与中国文化因素"，华东师范大学博士学位论文，2006 年。

303. ——"黑塞的《玻璃球游戏》与《易经》"，《外国文学评论》，2013 年第 4 期。

304. 张国刚，《从中西初识到礼仪之争——明清传教士与中西文化交流》，北京：人民出版社，2003 年。

305. 张弘、余匡复：《黑塞与东西方文化的整合》，上海：华东师范大学出版社，2010 年。

306. 张立胜，"县令·幕僚·学者·遗老——多维视角下的劳乃宣研究"，北京师范大学博士论文，2010 年。

307. 张西平："《易经》在西方的早期传播"，《中国文化研究》，1998 年第 4 期。

308. ——"西方汉学的奠基人罗明坚"，《历史研究》，2001 年第 3 期。

309. ——《中国与欧洲早期宗教和哲学交流史》，北京：东方出版社，2001 年。

310. ——"梵蒂冈图书馆藏白晋读《易经》文献初探"，《文献》（季刊），2003 年第 3 期。

311. ——《传教士汉学研究》，郑州：大象出版社，2005 年。

312. ——《中国和欧洲早期思想交流史》，北京：北京大学出版社，2021 年。

313. 章学诚，叶瑛校注，《文史通义校注》，北京：中华书局，1985 年。

314. 赵伯雄、周国林、郑杰文等编，《古籍整理研究与中国古典文献学学科建设国际学术研讨会论文集》，山东大学文史哲研究院古典文献研究所，2009 年。

315. 郑吉雄，"《周易》全球化回顾与前瞻（二）"，《周易研究》2018 年第 2 期。

316. 郑吉雄、张宝三编，《东亚传世汉籍文献的译解方法初探》，上海：华东师范大学出版社，2004 年。

317. 周锡䪖，"《易经》的语言形式与著作年代——兼论西周礼乐文化对中国韵文艺术发展的影响"，《易经详解与应用》（增订本），北京：东方出版中心，2016 年。

318. 周一良，《毕竟是书生》，北京：北京十月文艺出版社，1998 年。

319. 朱伯崑，《易学哲学史》（第一卷），北京：华夏出版社，2009 年。

320. 朱熹，《周易本义》，见李光地主纂，刘大钧整理。《周易折中》，成都：巴蜀书社，2010 年。

321. 朱新春，朱光耀，"《易经》的'影响'与莱布尼茨的'优先权'"，《长春理工大学学报》（社会科学版），2011 年第 5 期。

附录一：《易经》重要英译本

（按时间先后排列）

1. Reverend Canon McClatchie trans., *A Translation of the Confucian 易經 or the "Classic of Change" with Notes and Appendix*, Shanghai: American Presbyterian Mission Press, and Lodnon: Trübner, 1876. Reprinted in Taipei: Ch'eng-wen, 1973.

2. James Legge trans. *The Yi King*（Vol. XVI of *The Sacred Books of China*）. Oxford: At the Clarendon Press. 1882.

3. ----. trans. *The I Ching*（2nd Edition）, London: Clarendon Press, 1899.

4. Richard Wilhelm trans., *The I Ching or Book of Changes*（3ʳᵈ ed.）, trans. from German to English by Cary F. Baynes, Princeton, New Jersey: Princeton University Press, 1967; London: Routledge & Kegan Paul, 1951, 1968.

5. James Legge trans. *I Ching: Book of Changes*, New York: Dover Publications, Inc., 1963.

6. ----. trans. *I Ching: Book of Changes*, eds. Ch'u Chai and Winberg Chai, New York: Bantam Books, 1964.

7. John Blofeld trans, *The Book of Change*, New York: E. P. Dutton & Co., Inc., 1965; London: George Allen & Unwin LTD, 1976.

8. R. G. H. Siu, *The Man of Many Qualities: A Legacy of the I Ching*, The MIT Press, 1968.

9. Ch'u Chai and Winberg Chai, *I Ching*, Bantam, 1969.

10. Edward Albertson, *The Complete I Ching for the Millions*. Los Angeles, CA: Sherbourne Press, 1969.

11. Z. D. Sung trans., *The Text of Yi King（And Its Appendixes）Chinese Original with English Translation*, New York: Paragon Book Reprint Corp., 1969.（A reprint of the Shanghai 1935 edition. One of the few English translations that give the Chinese text. Basically it is a more convenient arrangement of Legge's translation.）

12. Frank J. MacHovec trans, *I Ching: the Book of Changes*（with illustrations by Marian Morton）, Mount Vernon: Peter Pauper Press, 1971.

13. James Legge trans., *I Ching*, ed. and introduced by Raymond Van Over, New York and Scarborough: The New American Library, Inc., 1971.

14. R. G. H. Siu, *The Portable Dragon: The Western Man's Guide to the I Ching*, The MIT Press, 1971（Originally published in cloth under the title *The Man of Many Qualities: A Legacy of the I Ching*）.

15. Raymond van Over, *I Ching*（reprint）, Signet, 1971.

16. James Leege trans., *I Ching: Book of Changes*, New York, NY: Causeway Books, 1973.

17. Adele Aldridge, *I Ching Meditations*, Alchemist Atelier, 1974.

18. R. L. Wing, *The I Ching Workbook*, Doubleday & Company, 1978.

19. Iulian K. Shchutskii, *Researches on the I Ching（Bollingen Series LXII: 2）*. Princeton: Princeton University Press, 1979. Translated from the Russian by William MacDonald and Tsuyoshi Hasegawa with Hellmut Wilhelm.

20. John Tampion, *I Ching*, Spearman, 1983.

21. Mirko Lauer, *I Ching*, Akal Editor, 1983.

22. Kerson Huang trans., *I Ching: The Oracle*, Singapore: World Publishing Co. Pte Ltd, 1984.

23. Kerson Huang & Rosemary Huang trans., *I Ching*, New York: Workman Publishing Company Inc., 1985.

24. Asa Bonnershaw, *I Ching, the Book of Changes*. Santa Barbara, CA: Bandanna Books, 1986.

25. Thomas Cleary trans., *The Taoist I Ching*, Boston & London: Shambhala, 1986.

26. Henry Wei, *The Authentic I-Ching: a New Translation with Commentary*（with an Introduction by Jay G. Williams）, Van Nuys: Newcastle Pub. Co., Inc., 1987.

27. Thomas Cleary trans, *The Buddhist I Ching.* Boston and London: Shambala Press, 1987.

28. Wei Henry trans., *The Authentic I-Ching*, A Newcastle Book, 1987.

29. Carol K. Anthony, *A Guide to the I Ching* （3rd revised edition）, Anthony Publishing Company, 1988.

30. Thomas Cleary, *I Ching: The Tao of Organization*. Boston: Shambhala, 1988. （Translation of commentary by Cheng I, 1033-1108.）

31. Gary G. Melyan and Wen-kuang Chu. *I-Ching: The Hexagrams Revealed*, Tuttle Publishing, 1989.

32. Thomas Cleary trans. *I Ching Mandalas: A Program of Study for the Book of Changes*. Boston and Shaftsbury: Shambala, 1989.

33. Jing-Nuan Wu trans, *Yi Jing*. Washington, D.C. The Taoist Center, 1991.

34. Sam Reifler, *I Ching: A New Interpretation for Modern Times*, Bantam, 1991.

35. Wu Jing-Nuan trans., *Yi Jing*, Washington D.C.: The Taoist Center, 1991.

36. Brian Browne Walker, *The I Ching or Book of Changes: A Guide to Life's Turning Points*, St. Martin's Griffin, 1992.

37. Thomas Cleary trans. *I Ching: The Book of Changes*, Boston & London: Shambhala, 1992.

38. Michael Nylan trans., *The Canon of Supreme Mystery by Yang Hsiung. A Translation with Commentrary by Michael Nylan of the T'ai Hsüan Ching of Master Yang Hsiung*. Albany: State University of New York Press, 1993.

39. Rongpei Wang & Ren Xiuhua trans, *Book of Changes*，Shanghai: Shanghai Foreign Language Education Press, 1993.

40. Thomas Cleary trans. *The Essential Confucius: The Heart of Confucius's Teaching in Authentic I Ching Order*, HarperSanFrancisco: A division of HarperCollins Publishers, 1993.

41. Kristyna Arcarti, *I Ching for Beginners*. Great Britain: Hodder & Stoughton, 1994.

42. Richard John Lynn trans, *The Classic of Changes: a New Translation of the I Ching as Interpreted by Wang Bi*. New York; Chichester: Columbia University Press, 1994.

43. Rudolf Ritsema and Stephen Karcher trans., *I Ching - The First Complete Translation with Concordance - The Classical Chinese Oracle of Change*. Shaftesbury, Dorset, England: Element Books Ltd., 1994.

44. Martin Palmer and Jay Ramsay with Zhao Xiaomin trans, *I Ching: The Shamanic Oracle of Change*. Calligraphy by Kwok Man Ho. London and San Francisco: Thorsons, 1995.

45. Martin Palmer, Jay Ramsay, Zhao Xiaomin trans., *I Ching: The Shamanic Oracle of Change*, Thorsons: An Imprint HarperCollins Publishers, London & San Francisco, 1995.

46. Michael Nylan trans., *The Elemental Changes - the Ancient Chinese Companion to the I Ching*. A translation with commenrary by Michael Nylan of the *Tai Hsüan Ching* of Master Yang Hsiung. State University of New York Press, 1995.

47. Wei Wu trans, *The I Ching: The Book of Changes and How to Use It*. Los Angeles: Power Press，1995.

48. You-de Fu trans, *I Ching：Translation and Annotations*. Dajun Liu and Lin Zhongjun trans. *The I Ching: Text and Annotated Translation*. Jinan: Shandong Friendship Publishing House, 1995. Translated from the Chinese by Fu Youde and revised by Frank Lauran.

49. Zhiye Luo trans, *A New Translation of Yijing*，Qingdao: Qingdao Publishing House, 1995.

50. James Legge trans., *I Ching: Book of Changes*, Avenel, New Jersey: Published by Gramercy Books, a division of Random House Value Publishing, Inc., 1996.

51. Richard Rutt trans, *The Book of Changes（Zhouyi）: a Bronze Age Document* with introduction and notes by Richard Rutt.（xii, 497p.）Richmond, Surrey: Curzon Press, 1996.

52. Edward L. Shaughnessy trans., *I Ching: The Classic of Changes*, New York: Ballantine Books, 1997.

53. Frits Blok, *I Ching*, Stewart, Tabori and Chang, 1997.

54. Yan Li, *The Illustrated Book of Changes: I Ching*, Beijing: Foreign Language Press, 1997.

55. Alfred Huang trans., *The Complete I Ching: The Definitive Translation from the Taoist Master Alfred Huang*, Rochester Vermont: Inner Traditions, 1998.

56. Thomas Cleary, *The Essential Confucius: The Heart of Confucius' Teachings in Authentic I Ching Order*, Book Sales, 1998.

57. Yi Wu, *I Ching: The Book of Changes and Virtues.* SF: Great Learning Pub. Co, 1998.

58. Hua-Ching Ni, *I Ching: The Book of Changes and the Unchanging Truth*（2nd edition）, Sevenstar Communications, 1999.

59. Joseph Murphy, *Secrets of the I Ching: Get What You Want in Every Situation Using the Classic Book of Changes*, New York: Prentice Hall Press, 1999.

60. Richard Gottshalk, Trans. *Divination，Order and the Zhouyi*. Lanham Maryland: University Press of America, 1999.

61. Alfred Huang, *The Numerology of the I Ching: A Sourcebook of Symbols, Structures, and Traditional Wisdom*, Inner Tradition, 2000.

62. Huisheng Fu, *The Zhou Book of Change*（Bilingual translation. Translated into modern Chinese and English by Fu Huisheng）. Shangdong Friendship Publishing House, 2000.

63. Chung Wu, *The Essentials of Yi Jing*, Paragon House, 2002.

64. Jack M. Balkin, *The Laws of Change: I Ching and the Philosophy of Life.* New York: Schocken Books, 2002.

65. Michelle Walter, *I Ching*, Origin House Publications, 2002.

66. Rudolf Ritsema and Stephen Karcher. *I Ching; The Classic Chinese Oracle of Change: The First Complete Translation with Concordance.*（816p.）London: Vega Books, 2002.

67. Stephen L. Karcher trans, *I Ching*. London: Sterling Publications, 2002.

68. Paul Sneddon, *Personal Development With the I Ching: A New Interpretation*, Foulsham & Co Ltd, 2003.

69. Robert G. Benson, *I Ching for a New Age: The Book of Answers for Changing Times*, New York: Square One Publishers, 2003.

70. Mark McElroy, *I Ching for Beginners: A Modern Interpretation of the Ancient Oracle*, Llewellyn Publications, 2005.

71. Ming Liu, *Changing Zhouyi: The Heart of the Yijing*, Da Yuan Circle, 2005.

72. Rudolf Ritsema and Shantena Sabbadini, *The Original I Ching Oracle: The Pure and Complete Texts with Concordance*, London: Watkins Publishing, 2005.

73. Wei Wu, *I Ching Readings: Interpreting the Answers*, Power Press, 2005.

74. ----. *I Ching Wisdom: Guidance from the Book of Answers*, Power Press, vol. 1 in 2005 and vol. 2 in 2006.

75. ----. *The I Ching Workbook*（Revised edition）, Power Press, 2005.

76. ----. *The I Ching: The Book of Answers New Revised Edition*, Power Press, 2005.

77. Ming-Dao Deng, *The Living I Ching: Using Ancient Chinese Wisdom to Shape Your Life*, HarperOne, 2006.

78. Yang Wang and Jon Sandifer. *The Authentic I Ching: The Essential Guide to Reading and Using the I Ching*, Watkins, 2006.

79. Huisheng Fu, *Zhou Book of Change* (Bilingual), Changsha : Hunan People's Publishing House, 2008.

80. Stephen L. Karcher, *Total I Ching: Myths for Change*, Piatkus Books (reprint), 2009.

81. Hilary Barrett, *I Ching: Walking Your Path, Creating Your Future*, Arcturus, 2010.

82. Margaret J. Pearson, *The Original I Ching: An Authentic Translation of the Book of Changes*, Tuttle Publishing, 2011.

83. Richard Bertschinger, *Yijing, Shamanic Oracle of China: A New Book of Change*, Singing Dragon, 2011.

84. Marlies Holitzka and Klaus Holitzka trans., I Ching: The Chinese Book of Changes (Library of Oracles), Shelter Harbor Press, 2015.

85. John Minford trans., *I Ching: The Essential Translation of the Ancient Chinese Oracle and Book of Wisdom* (Penguin Classics Deluxe Edition), London: Penguin, 2015.

86. David Hinton trans., *I Ching: The Book of Change: A New Translation*, Farrar, Straus and Giroux, 2015.

87. Geoffrey P. Redmond trans., *The I Ching (Book of Changes) : A Critical Translation of the Ancient Text*, Bloomsbury Academic, 2017.

88. Rudolf Ritsema and Shantena Augusto Sabbadini trans., *The Original I Ching Oracle or The Book of Changes: The Eranos I Ching Project* (Revised edition), Watkins Publishing, 2018.

89. Paul G. Fendos, Jr. trans. *The Book of Changes: A Modern Adaptation & Interpretation*. Wilmington, Delaware: Vernon Press. 2018.

90. L. Michael Harrington, *The Yi River Commentary on the Book of Changes*. New Haven and London: Yale University. 2019.

91. Joseph A. Adler, *The Original Meaning of the Yijing: Commentary on the Scripture of Change*. New York: Columbia University Press. 2019.

附录二：与《易经》相关的外语博士论文

（按时间先后排列）

1. Moss Pensak Roberts, "The Metaphysical Context of the *Analects* and the Metaphysical Theme in Late Chou Confucianism." Ph.D. dissertation, Columbia University, 1966.

2. Arianne Rump, "Die Verwundung des Hellen als Aspeckt des Bosen im *I Ching*." PhD. dissertation, University of Zurich, 1967.

3. Gea Tung, Philosophy of Action and Change: the Interpretation of the "*I Ching*" By Wang Pi（226-249 A.D.）. PhD. Diss. The Claremont Graduate University, 1971.

4. Charles David Kaplan, Method as Phenomenon: The Case of the "*I Ching*", Diss. University of California, Los Angeles, 1973.

5. Gerald William Swanson, "The Great Treatise: Commentary Tradition to the *Book of Changes*." PhD. Dissertation, University of Washington, 1974.

6. Gea Tung, "Metaphor and Analogy in the *I Ching*," PhD. diss. in Philosophy: Claremont Graduate School, 1975.

7. Douglass Alan White, "Interpretations of the Central Concept of the *I-Ching* During the Han, Sung and Ming Dynasties." PhD. dissertation, Harvard University, 1976.

8. Rosemary Macias Porter, Visual Metaphors from the "*I Ching*", PhD. Diss. California State University, Long Beach, 1977.

9. G. E. Kidder Smith, "Cheng Yi（1033-1107）Commentary on the *Yijing*," PhD. diss. in History: University of California, 1979.

10. Larry James Schulz, "Lai Chih-te（1525-1604）and the Phenomenology of the Classic of Change（*I-Ching*）." PhD. dissertation, Princeton University, 1982.

11. Timothy S. Phelan, "The Neo-Confucian Cosmology in Chu Hsi's 'I-Hsueh Ch'i-Meng'（A Primer for Studying the Changes." PhD. Dissertation. University of Washington, 1982.

12. Young-Oak Kim, "The Philosophy of Wang Fu-chih（1619-1692）." PhD. dissertation. Harvard University, 1982.

13. Edward L. Shaughnessy, "The Composition of the *Zhouyi*," PhD. diss. in Chinese Studies: Stanford University, 1983.

14. Titus Yu, "The '*I Ching*': An Etymological Perspective," PhD. diss. in Philosophy: California Institute of Integral Studies, San Francisco, 1983.

15. Don Juan Wyatt, "Shao Yung: Champion of Philosophical Syncretism in Early Sung China," PhD. diss. in the subject of East Asian Languages and Civilizations: Harvard University, 1984.

16. Joseph Alan Adler, "Divination and Philosophy: Chu Hsi's Understanding of the *I-Ching*（China，Religion）." PhD. dissertation, University of California, Santa Barbara, 1984.

17. Howard Lazar Goodman, "Exegetes and Exegeses of the *Book Of Changes* in the Third Century AD: Historical and Scholastic Contexts for Wang Pi"（Chinese Sciences Philosophy, Ancient Scholarship, San-Kuo Society, Commentary）, PhD. Dissertation. Princeton University, 1985.

18. Richard Alan Kunst, "The Original *Yijing*: A Text，Phonetic Transcription，Translation and Indexes，with Sample Glosses." PhD. dissertation in Oriental Languages: University of California at Berkeley, 1985.

19. Sinling Jung, Psychotherapeutic Implications Of Consulting the *Yi Jing*（*I Ching*）: A Phenomenological Approach（Oracle, Divination, Synchronicity），PhD. Diss. California School of Professional Psychology - Berkeley/Alameda, 1985.

20. Chun-Hsieh Shih, "A Conceptual Instructional Model for Electronics Technology Based On The *I Ching*." PhD. Dissertation, The Ohio State University, 1988.

21. Paul George Fendos, Jr., "Fei Chih's Place in the Development of '*I-Ching*' Studies." PhD. dissertation in Chinese Studies. University of Wisconsin, Madison, 1988.

22. Jung-Shihn Yang, A comparison of Chinese and Western traditions of design with a proposed model based on the Yin-Yang principle，Ph.D., Texas Tech University, 1991.

23. Tze-ki Hon, "Northern Song '*Yijing*' Exegesis and the Formation of Neo-Confucianism." Ph.D. dissertation，University of Chicago，1992.

24. Hung Hsiu Chang, "The Rhythm of Change: Tracing The Relatedness Of The Solution-Focused Brief Therapy and The '*I Ching*' in The Phenomenological Dimension of Therapy." PhD. Dissertation. Texas Woman's University, 1993.

25. Yen-zen Tsai, "*Ching and Chuan:* Towards Defining the Confucian Scriptures in Han China（206 B.C.E. -220 C.E.）." PhD. dissertation. Harvard University, 1993.

26. Bent Nielsen, "*The Qian Zuo Du.* A Late Han Dynasty（202 B.C. - A.D. 220）Study of the *Book of Changes, Yijing*." Not available from UMI, PhD. diss. in Humanities: University of Copenhegan, 1995.

27. Gordon Autrey Lee, Perceiving Ingmar Bergman's "The Silenc" Through *I Ching*, PhD. Diss. San Jose State University, 1995.

28. Mark Douglas Nelson, "Quieting The Mind，Manifesting Mind: The Zen Buddhist Roots Of John Cage's Early Chance-Determined And Indeterminate Compositions（With）; Motion Alarm *I Ching*."（Original Composition），PhD. Dissertation. Princeton University，1995.

29. Yiu-Kwong Chung, *I Ching* Compositional System: the Symbolism, Structures, and Orderly Sequence of the Sixty-Four Hexagrams as Compositional Determinants, Diss. City University of New York，1995.

30. Benjamin Wai-ming Ng, "The Hollyhock and the Hexagrams: The "*I Ching* in Tokugawa Thought and Culture." PhD. Dissertation. Princeton University, 1996.

31. Bounghown Kim, "A Study of Chou Tun-I's（1017-1073）Thought". PhD. Diss., University of Arizona, 1996.

32. Ted Ciesinski, "A Heuristic Enquiry into the *I Ching* Consultation Process." PhD. dissertation. California Institute of Integral Studies, 1996.

33. Michael William Clark, "Synchronicity and Poststructuralism: C. G. Jung's Secularization of the Supramundane", PhD. Diss. in University of Ottawa, 1997.

34. Linyu Gu, "Time And Self In Whitehead, Yi（Change）And Zen: A Comparative Study." PhD. Dissertation. University Of Hawaii, 1998.

35. Yeoungyu Park, The Semeiosis of the Image（Xiang）: A Peircean Approach to the "*Yijing*", PhD. Diss. University Of Hawai'I, 1998.

36. Matat H. Lieblich, The Model of Emotions in the "*I Ching*", the *Book of Changes*, PhD. Diss. California Institute Of Integral Studies, 1999.

37. Wonsuk Chang, "Time and Creativity in the '*Yijing*'." PhD. dissertation. University of Hawaii, 1999.

38. Peng-fu Neo, "A Study of the 'Auxiliary Texts of the '*Book of Changes*' （'Yiwei'）." Ph.D. dissertation, University of California, Santa Barbara, 2000.

39. William Hartley Brehm, Applying *The Book Of Changes* In Participatory Research With Female Adult Learners, PhD. Dissertation, Walden University, 2000.

40. Robert Charles Snyder, "The Spirit of Confucian Philosophy in the 'Dazhuan.'" PhD. dissertation, California Institute of Integral Studies, 2001.

41. Licia Duryea, "Tapping Into The Holographic Universe: An Intuitive Inquiry Using The '*I Ching*'", PhD. Diss. California Institute of Integral Studies, 2004.

42. Young Woon Ko, Synchronicity and Creativity: A Comparison Between C. G. Jung and the *Book of Changes* on Causality，PhD. Diss. Vanderbilt University, 2004.

43. Ginny S. Lin, "The Tao of Lao Tzu and Yin-yang in the *I Ching*'s Ten Wings with Special Reference to Contemporary Crises", PhD. Diss., California Institute of Integral Studies, 2008.

44. Haeree Park, "The Shanghai Museum *Zhouyi* Manuscript nd the Warring States Writing System", PhD. Dissertation. University of Washington, 2009.

45. HLH Ku, The hidden/flying dragon : an exploration of the *Book of Changes* （*I Ching*）in terms of Nietzsche's philosophy, Dphil thesis, University of Pretoria, Pretoria, 2009.

46. Chi-Keung Wong, "Translating *The Book of Changes* in nineteenth Century Britain." PhD. Diss. The University of Hong Kong. 2010.

附录三：与《易经》相关的英语重要论著

1. Philip K. Dick, *The Man in the High Castle*, New York: Vintage Books. First Vintage Book Edition, 1992; First copyright 1962; First Edition: Putnam, 1962; numerous later editions, including London: Penguin Books, 1965; London: Penguin Books（under imprint ROC Science Fiction）, Tenth Edition. （This is a science-fiction novel in which several of the characters consult the *I Ching* for advice. The author actually consulted the *I Ching* on behalf of his characters, and allowed these characters to react to the advice obtained. Thus the *I Ching* had an input into the making of this novel.）

2. Elena Michaels, *Death and the I Ching*, Outlet Book Company, 1980. （Elena Michaels is a pseudonym for Lulla Rosenfeld.）

3. Lulla Rosenfeld, *Death and the I Ching*, South Yarmouth, Massachusetts: John Curley & Associates, Inc., 1981.

4. Edward L. Shaughnessy, *Before Confucius: Studies in the Creation of the Chinese Classics*, Albany: State University of New York Press, 1997.

5. Iulain K. Shchutskii. *Researches on the I Ching*, trans. William L. MacDonald, Tsuyoshi Hasegawa, and Hellmut Wilhelm, Princeton Unviersity Press, 1979; London & Henley: Rougtledge & Kegan Paul, 1980.

6. Kidder Smith, Jr., Peter K. Bol, Joseph A. Adler, and Don J. Wyatt, *Sung Dynasty Uses of the I Ching*, Princeton, New Jersey: Princeton University Press, 1990.

7. Z. D. Sung, *The Symbols of Yi King or the Symbols of the Chinese Logic of Changes*, Shanghai: China Modern Education Co., 1934; New York: Paragon Book Reprint Corp., 1969.

8. Wei Tat, *An Exposition of the I Ching or Book of Changes*, Taipei: Institute of Cultural Studies, 1970.

9. Hellmut Wilhelm, *Change: Eight Lectures on the I Ching*, trans. from German into English by Cary F. Baynes, New York & Evanton: Harper & Row, Publishers, 1960; London: Routledge & Kegan Paul, 1961, 1970.

10. ----. *Heaven, Earth and Man in the Book of Changes*, Seattle & London: University of Washington, 1977.

11. Hellmut Wilhelm & Richard Wilhelm, *Understanding the I Ching: The Wilhelm Lectures on the Book of Changes*, Princeton, New Jersey: Princeton Unviersity Press, 1995.

12. Richard Wilhelm, *Lectures on the I Ching: Constancy and Change*, trans. from German to English by Irene Eber, Jew Jersey: Princeton University Press, 1979, 1986; London & Henley: Routledge & Kegan Paul, 1980.

13. Wu Wei, *I Ching Wisdom: Guidance from the Book of Changes*, Los Angeles, California: Power Press, 1994.

14. ----. *The I Ching: The Book of Changes and How to Use it*, Los Angeles, California: Power Press, 1995.

15. ----. *A Tale of the I Ching: How the Book of Changes Began*, Los Angeles, California: Power Press, 1995.

16. Scott Davis, *The Classic of Changes in Cultural Context: A Textual Archaeology of the Yi Jing*, Amherst, New York: Cambria Press, 2012.

17. Richard J. Smith, *The "I Ching": A Biography*, Princeton University Press, 2012.

18. Geoffrey P. Redmond and Tze-Ki Hon, *Teaching the I Ching（Book of Changes）*, Oxford University Press, 2014.

19. Richard Berengarten, *Changing*, Shearsman Books, 2016.·

附录四：WorldCat 中《易经》英译本馆藏情况[1]

（按馆藏量大小排列）

译　者	名　称	出版社	出版时间	馆藏
Thomas F. Cleary	The Essential Confucius: the Heart of Confucius' Teaching in Authentic I Ching Order	New Jersey: Castle Books	1998	3094
Richard Wilhelm; Cary Fink Baynes; C G Jung; Hellmut Wilhelm	The I Ching, or Book of changes	New York: Bollingen Foundation; New Jersey: Princeton University Press	1967	1463
Richard John Lynn	The classic of changes: a new translation of the I Ching as interpreted by Wang Bi	New York: Columbia University Press	1994	1335
Richard J. Smith	The I Ching: a biography	Princeton, N.J.: Princeton University Press	2012	1160
James Legge; Ch'u Chai; Winberg Chai	I ching; Book of changes	New Hyde Park, N.Y., University Books	1964	1096
James Legge; Ch'u Chai; Winberg Chai	I ching ; book of changes	New York: Bantam Books	1969	1096
Raymond Van Over; James Legge	I ching	New York, New American Library	1971	1095

1　本表中的统计数据截止于 2018 年 6 月。

James Legge	The I ching	New York: Dover	1963	1095
James Legge	The I Ching	Tynron	1990	1095
James Legge	The I ching	Singapore: Graham Brash	1990	1095
James Legge	The I ching	Secaucus, N.J.: Citadel Press	1975	1095
James Legge	I Ching	Lanham: Dancing Unicorn Books	2016	1095
James Legge	The I ching	United States: A & D Publishing	2015	1095
Richard John Lynn	The Classic of Changes: a New Translation of the I Ching as Interpreted by Wang Bi	New York: Columbia University Press	2010	1026
Richard Wilhelm	Lectures on the I Ching: constancy and change	Princeton, N.J.: Princeton University Press	2016	1001
Xiong Yang; Michael Nylan	The elemental changes: an ancient Chinese companion to the I ching: the T'ai hsüan ching of Master Yang Hsiung	Albany, N.Y.: State University of New York Press	1994	967
Tze-Ki Hon	The Yijing and Chinese politics: classical commentary and literati activism in the northern Song Period, 960-1127	Albany: State University of New York Press	2005	922
Kidder Smith	Sung dynasty uses of the I Ching	Princeton University Press	2016	793
John Blofeld	I Ching: the book of change	London: Unwin Paperbacks	1989	781
Edward L. Shaughnessy	Unearthing the changes: recently discovered manuscripts of the Yi Jing（I Ching）and related texts	New York: Columbia University Press	2014	717
Young Woon Ko	Jung on synchronicity and Yijing: a critical approach	Newcastle upon Tyne: Cambridge Scholars Pub.	2011	678
Hellmut Wilhelm	Change: eight lectures on the I ching	Princeton, N.J.: Princeton University Press	1973	659

Wai-ming Ng	The I ching in Tokugawa thought and culture	Honolulu, HI: Association for Asian Studies and University of Hawai'i Press	2000	587
John Blofeld	I ching, book of change: a new translation of the ancient Chinese text with detailed instructions for its practical use in divination	New York: Penguin Compass	2002	577
Hellmut Wilhelm	Heaven, earth and man in the book of changes: seven eranos lectures	Seattle; London : University of Washington Press, cop.	1977	481
Alfred Huang	The complete I ching: the definitive translation	Rochester, Vt.: Inner Traditions	2010	347
Thomas Cleary	The Buddhist I Ching	Boston; London: Shambhala	1987	300
John Minford	I ching, the book of change	New York, New York: Penguin Books	2015	288
Diana Ffarington Hook	The I Ching and you	Arkana	1988	270
Brian Browne Walker	The I Ching, or Book of changes: a guide to life's turning points	New York: St. Martin's Press	1992	267
Brian Browne Walker	The I Ching, or Book of changes: a guide to life's turning points	London: Piatkus	2005	266
Da-Kang Liu	T'ai Chi Ch'uan and I Ching	London: Arkana	1990	238
Gregory Whincup	Rediscovering the I ching	New York: St. Martin's Griffin	1996	237
Kerson Huang	I Ching, the oracle	Hackensack, NJ: World Century; Singapore: World Scientific	2014	234
Terence K McKenna; O N Oeric	The Invisible landscape: mind, hallucinogens, and the I ching	San Francisco, Calif.: Harper San Francisco	1994	232
Jung Young Lee	Death and beyond in the Eastern perspective: a study based on the "Bardo Thödol" and the "I Ching"	London: Gordon and Breach	1974	230

S. J. Marshall	The mandate of heaven: hidden history in the Book of changes	London: Routledge	2015	228
S. J. Marshall	The mandate of heaven: hidden history in the I Ching	New York: Columbia University Press	2001	228
Richard J. Smith	Fathoming the cosmos and ordering the world: the Yijing（I ching, or classic of changes）and its evolution in China	Charlottesville: University of Virginia Press	2008	227
Hellmut Wilhelm; Richard Wilhelm	Understanding the I ching: the Wilhelm lectures on the Book of Changes	Princeton, N.J.: Princeton University Press	1995	226
Kerson Huang; Rosemary Huang	I ching	New York（N.Y.）: Workman	1987	220
Thomas Cleary	I Ching: the Tao of Organization	Boston; London: Shambhala	1988	208
W. A. Sherrill; Wen-kuang Chu	An anthology of I ching	London, England; New York, N.Y., USA: Arkana	1989	207
Edward L. Shaughnessy	I Ching, The classic of changes	New York: Ballantine Books	1998	201
David Hinton	I Ching : the book of change	New York : Farrar, Straus & Giroux	2017	197
Richard Rutt	The Book of changes（Zhouyi）: a bronze age document	Richmond [England]: Curzon	1996	183
Alan Ravage; Sam Reifle	I Ching: a new interpretation for modern times	New York: Bantam Books	1981	182
J. M. Balkin	The Laws of Change: I Ching and the Philosophy of Life	Cork: BookBaby	2013	168
J. M. Balkin	The Laws of Change: I Ching and the Philosophy of Life	New YorK: Schocken Books	2002	168
David Hinton	I Ching: the book of change	New York: Farrar, Straus & Giroux	2017	161
R. L. Wing	The illustrated I Ching	New York: Broadway Books	2001	159

Martin Treon	Fires of consciousness: the Tao of onliness I Ching	Vermillion, S.D.: Auroral Skies Press	1996	159
James Legge	I Ching: Book of changes	New York: Gramercy Books	1996	157
James Legge	I Ching. Book of changes	New York; Avenel: Gramercy Books	1996	157
Anagarika Brahmacari Govinda; John Blofeld; Zhongliang Huang	The inner structure of the I Ching: the book of transformations	Tokyo, New York: A Wheelwright Press Book; J. Weatherhill	1981	152
Khigh Dhiegh	The eleventh wing; an exposition of the dynamics of I ching for now	New York: Dell	1974	152
Geoffrey P Redmond; Tze-Ki Hon	Teaching the I Ching（Book of changes）	New York: Oxford University Press	2014	148
David Twicken	I Ching acupuncture: the balance method: clinical applications of the Ba Gua and I Ching	London; Philadelphia: Singing Dragon	2012	146
Thomas F. Cleary	The Tao of organization: the I ching for group dynamics	Boston: Shambhala	1995	145
Jung Young Lee	Embracing change: postmodern interpretations of the I ching from a Christian perspective	Scranton: University of Scranton Press	1994	142
Richard Wilhelm; Cary F. Baynes	The Yi jing: or, Book of changes	Princeton, N.J.: Princeton University Press	1977	141
Edward Hacker, Steve Moore, and Lorraine Patsco	I ching: an annotated bibliography	New York: Routledge	2015	141
Sam Reifler	I ching: a new interpretation for modern times	New York: Bantam Books	1991	136

Iulian K. Shchutskii; translated by William L. MacDonald and Tsuyoshi Hasegawa with Hellmut Wilhelm; with an introduction by Gerald W. Swanson	Researches on the I Ching	Princeton, New Jersey: Princeton University Press	2017	130
Sally Morningstar	How to tell the future: discover and shape your future through palm reading, tarot, astrology, Chinese arts, I Ching, signs, symbols and listening to your dreams	London Hermes House	2014	130
韋達. Tat Wei	An exposition of the I-ching, or book of changes	Taipei, Taiwan, Institute of Cultural Studies	1977	128
R. L. Wing	The I Ching workbook	New York, NY: Broadway Books	2001	128
Martin Treon	The Tao of onliness: an I Ching cosmology--the awakening years	Santa Barbara, CA: Fithian Press	1989	128
Richard Bertschinger	Yijing, shamanic oracle of China: a new book of change	London: Singing Dragon	2012	128
S. Z. Shen	華英易經, The text of Yi king	上海: The China Modern Education Co.中華新教育社	1935	123
Rudolf Ritsema; Shantena Augusto Sabbadini	The original I Ching oracle: the pure and complete texts with concordance	London: Watkins	2007	122
Terry Miller; Hale Thatcher	Images of change: paintings on the I ching	New York: Dutton	1976	119
Nigel Peace	Lighting the Path: How To Use And Understand The I Ching	Luton: Andrews UK	2012	109
Peter Kwok Man Ho; Martin Palmer; Joanne O'Brien	The fortune teller's I ching	Ware, Hertfordshire, England: Wordsworth	1993	105

Will Buckingham	Sixty-four chance pieces: a Book of changes : a cycle of stories from the I Ching	Hong Kong: Earnshaw Books	2015	101
Chenshan Tian	Chinese dialectics: from Yijing to Marxism	Lanham, Md.: Lexington Books	2005	100
Richard Gotshalk	Divination, order, and the Zhouyi	Lanham: Univ. Press of America	1999	99
Zhong Wu	The essentials of the Yi Jing	St Paul MN.: Paragon House	2003	97
Elizabeth Moran; Joseph Yu, Master	The complete idiot's guide to the I ching	Indianapolis, IN; Great Britain: Alpha	2002	95
Zhongxian Wu（Taoist）; Daniel P Reid	Seeking the spirit of the Book of change: 8 days to mastering a shamanic Yijing（I Ching）prediction system	London; Philadelphia: Singing Dragon, an imprint of Jessica Kingsley Publishers	2017	93
Da Liu	I Ching numerology: based on Shao Yung's classic Plum blossom numerology	London: Routledge & Kegan Paul	1979	91
Liu Da	I Ching coin prediction	London: Routledge and Kegan Paul	1984	88
Geoffrey P. Redmond	The I Ching（Book of Changes）: a Critical Translation of the Ancient Yijing	Bloomsbury Publishing Plc	2017	87
Neyma Jahan	The celestial dragon I Ching: a unique new version of the Chinese oracle for makingd decisions and discovering your destiny	London: Watkins Pub.	2012	86
Martin Palmer; Jay Ramsay	I Ching	London: Thorsons	1995	84
Rudolf Ritsema; Stephen Karcher	I Ching: the classic chinese oracle of chance: the divinatory texts with concordance	Shaftesbury: Element	1994	82
Thomas F. Cleary	I ching, The book of change	Boulder: Shambhala	2017	81
Carol K. Anthony	The philosophy of the I ching	Stow, Mass.: Anthony Pub. Co.	1998	81

Wu wei	The I Ching: the book of answers	Los Angeles, CA.: Power Press	2005	70
Roy Collins	The Fu Hsi I ching: the early heaven sequence	Lanham: University Press of America	1993	70
Julie Tallard Johnson	I ching for teens: take charge of your destiny with the ancient Chinese oracle	Rochester, Vt.: Bindu Books	2001	67
Henry Wei	The authentic I-ching a new transl. with commentary	Bernardino, Calif. Borgo Pr.	1987	67
Frank J. MacHovec	I ching; the book of changes	Mount Vernon, N.Y., Peter Pauper Press	1971	64
Andy Baggott	I ching	Lincolnwood, Ill.: NTC Contemporary Pub.	1999	63
Nigel Richmond	Language of the lines: the I Ching Oracle	London: Wildwood House	1977	63
Kim Farnell	I ching	London: Orion Books	2017	60
Neil Powell	The Book of change: how to understand and use the I ching	London: Macdonald & Co.	1988	58
Wu wei	I Ching Readings: Interpreting the Answers	Cork: BookBaby	2005	56
Hua Ching Ni	The book of changes and the unchanging truth 天地不易之经	Santa Monica, CA.: Sevenstar Communications	1995	55
Cyrille Javary	Understanding the I ching	Boston: Shambhala	1997	54
Roberta Peters	Elementary I ching	London: Caxton Editions	2001	50
Tsung Hwa Jou	The tao of I ching: way to divination	Scottsdale, IL: Tai Chi Foundation	2000	49
Wu wei	I ching wisdom: more guidance from the book of answers. Volume two	Los Angeles, Calif.: Power Press	2006	48
Stephen L. Field	The Duke of Zhou Changes: a study and annotated translation of the Zhouyi	Wiesbaden: Harrassowitz Verlag	2015	48
Larry Schoenholtz	New directions in the I ching: the Yellow River legacy	Secaucus, N.J.: University Books	1975	47

I. Mears; L. E. Mears	Creative energy: being an introduction to the study of the Yih King, or Book of changes, with translations from the original text	New York: Dutton	1932	46
William Adcock	I ching	London: Hermes House	2003	46
Edward A. Hacker	The I ching handbook: a practical guide to personal and logical perspectives from the ancient Chinese book of changes	Brookline, Mass.: Paradigm Publications	1993	44
Louis T. Culling	The incredible I Ching	York Beach, Maine: Samuel Weiser	1984	44
David V. Barrett	Dreams and destiny: dream interpretation - runes - tarot - I Ching	London Southwater	2016	42
Robert G. Benson	I ching for a new age: the book of answers for changing times	Garden City Park, NY: Square One Classics	2002	42
Guy Damian-Knight	Karma and destiny in the I ching	London; New York: Arkana	1987	41
Richard Wilhelm; Cary F. Baynes	The I Ching or Book of Changes	Princeton, N.J.: Princeton University Press	2010	40
Gary Woods; Dhiresha McCarver	The photographic I Ching	New York, N.Y.: Marlowe	1997	39
Yan Li	The illustrated book of changes	Beijing: Foreign Languages Press	1997	38
Allie Woo	The I ching	London: New Holland; New York: Distributed by Sterling Pub. Co.	1998	37
Mondo Secter	I ching clarified: a practical guide	Boston: Charles E. Tuttle Co.	1993	35
Jill Richards	The I Ching companion: an answer to every question	York Beach, Me: S. Weiser	1999	34
Stephen L Karcher	Symbols of love: I Ching for lovers, friends and relationships	London: Time Warner	2005	33
James Legge	Zhouyi, Book of changes	Changsha: 湖南出版社	1995	33

Marco Antonio Guimarães; Uakti（Musical group）	I ching（CD）	Point Music; New York: Twenty-first Century Culture	1993	32
Constance A Cook; Paul Rakita Goldin	A Source Book of Ancient Chinese Bronze Inscriptions	Berkeley, California: The Society for the Study of Early China	2016	30
Guy Damian-Knight	The I Ching on business and decision making: successful management strategy based on the ancient oracle of China	London: Century	1987	29
H. Y. Li; Zhou Gong; Sibley S. Morrill; Hsieh-kêng T'ung	I ching games of Duke Tan of Chou and C.C. T'ung	San Francisco, Cadleon Press	1971	24
James Legge	The Yi King	Delhi; Varanasi; Patma: Motilal Banarsidass	1977	23
Carol K. Anthony; Hanna Moog	I ching: the oracle of the cosmic way	Stow, Mass: Anthony; Enfield: Airlift	2003	23
G. E. Kidder Smith	Cheng Yi's（1033-1107）commentary on the Yijing	Ann Arbor: University Microfilms	1988	20
Gerald William Swanson	The great treatise: commentatory tradition of the Book of Changes（Yijing）	Erscheinungsort nicht ermittelbar: Verlag nicht ermittelbar（Washington, University, Diss.）	1974	18
Sophie Ling-chia Wei	Trans-textual dialogue in the Jesuit missionary intra-lingual translation of the Yijing	Ph. D. University of Pennsylvania	2015	17
Chuncai Zhou; Paul White; Shujuan Li	The illustrated Book of changes	Beijing, China: New World Press	2010	16
Chung-t'ao Shên	The text of Yi King（and its appendices）: Chinese original with English translation	New York: Paragon Book Reprint Co.	1969	15
Kim-Anh Lim	Practical guide to the I Ching	New Delhi: New Age Books	2004	14
Catherine Ludvik	Recontextualizing the praises of a goddess: from the Harivaṃśa to Yijing's Chinese translation of the Sutra of Golden Light	Kyoto: Scuola italiana di studi sull'Asia orientale	2006	14

Oliver Perrotte	The visual I Ching: a new approach to the ancient Chinese oracle	Boston: Charles E. Tuttle, Co	1997	13
Stephen L Karcher; Rudolf Ritsema	I ching, the classic Chinese oracle of change: the divinatory texts with concordance	New York, NY: Barnes & Noble	1995	11
John Mindford; Caroline H. Mclaughlin	I Ching（有声）	Gildan Media on Dreamscape Audio	2016	10
Tze-Ki Hon	Northern song Yijing exegesis and the formation of Neo-Confucianism	Thesis（Ph. D.）-- University of Chicago, Department of History	1992	9
Titus Yu	The I ching: an etymological perspective	Ph. D. California Institute of Integral Studies	1983	8
James Legge; Friedrich Max Müller	Sacred books of the East. Vol. 16 The sacred books of China, the texts of confucianism ; Pt. 2, the Yî King	Delhi Motital Banarsidass	1966	8
Tom Bisio	Beyond the battleground: classic strategies from the Yijing and Baguazhang for managing crisis situations	Berkeley, California: Blue Snake Books	2016	7
Nizan Weisman	The I ching	Hod Hasharon, Israel: Astrolog Pub. House	1999	6
Suzanne Friedman	The Yijing medical qigong system: a Daoist medical I-Ching approach to healing	Xlibris	2006	6
Koh Kok Kiang	The *I Ching*: an illustrated guide to the Chinese *classic of changes*	Singapore: Asiapac	2001	6
Aleister Crowley	The *I ching*	San Francisco, Level Press	1974	5
Jacob Godwin	Acupuncture in black and white: qi, yin-yang, and the cosmology of the *Yijing*	Austin, Tex.: Godwin Acupuncture and Oriental Medicine	2009	5
Richard Wilhelm; Cary Fink Baynes; C G Jung	The *I Ching*, or *Book of changes*: the Richard Wilhelm translation	New York: Pantheon Books	1950	5

Thomas F. Cleary	*I ching*	S.l.: Edaf Antillas	2018	4
Aleister Crowley	The *I ching*	Lüchow Phänomen	1999	4
Cary F Baynes; C G Jung; Richard Wilhelm	The *I Ching* or *Book of changes* Vol. 2	New York: Pantheon Books	1955	4
Bent Nielsen	A companion to Yi jing numerology and cosmology: Chinese studies of images and numbers from Han（202 BCE - 220 BCE）to Song（960-1279 CE）	London: Routledge Curzon	2003	4
Jane Schorre; Carrin Dunne	Yijing wondering and wandering	Houston, Tex.: Arts of China Seminars	2003	4
Fan-shih Kung; Hsiang-li Kung	The basic knowledge of the Yi Jing（The book of Changes）: including applied study on the phenomenon, mathematics and law of the Yi Jing	Taipei: Hua De Printing Enterprise	2004	4
Lars Bo Christensen	*Book of Changes*: the original core of the *I Ching*	Charleston, SC	2015	3
Cary F Baynes; C G Jung; Richard Wilhelm	The *I Ching* or *Book of changes* Vol. 1	New York: Pantheon Books	1955	3
Richard Alan Kunst	The original *Yijing*: a text, phonetic transcription, translation, and indexes, with sample glosses	Ann Arbor: U.M.I. Dissertation Services	1994	3
Yeoungyu Park	The semeiosis of the image（xiang）: a Peircean approach to the *Yijing*	Ph. D. University of Hawaii	1998	3
Ming Liu	易 *Changing: Zhouyi*: the heart of the *Yijing*: a translation and commentary	Oakland, CA: Da Yuan Circle	2005	3
Jing-nuan Wu	*Yi Jing*	Washington, DC: Taoist Center	1991	3

Wei, Sophie Ling-chia	Trans-textual dialogue in the Jesuit missionary intra-lingual translation of the *Yijing*	Thesis / Dissertation ETD	2015	3
James Legge; Jizhao Ma	*Yi jing, The book of changes*	郑州：中州古籍出版社	2016	2
R. H. Wilson	*I - Ching*	Madrid: Ediciones Doble-R, D.L.	1982	2
	The *I Ching*	New Lanark: Geddes & Grosset	1998	2
	I ching	Barcelona Obelisco	1997	2
Deidre Anne King; Rainbow Cottage Natural Therapies Centre	*I ching*	Mount Eliza, Vic.: Universal Equator of Love	2007	2
鍾國，許怡明	中英對照易經六十四卦圖表	香港：竹林出版社	1991	2
Greg Rosser	The *Yijing* modes	Nederland: Leura Press, Amsterdam : printed by Ruparo B.V.	2016	2
Wonsuk Chang	Time and creativity in the *Yijing*	Ph. D. University of Hawaii	1999	2
Richard Rutt	The *Book of changes* （Zhouyi）	Richmond: Curzon	1996	2
Julius Mohl; Jean Baptiste Régis	*Y-king*	Stuttgartiae et Tubingae: Sumptibus J.G. Cottae	1834-1839	2
Thomas Cleary	The essential Confucius: the heart of Confucius' teachings in authentic *I Ching* order	Edison, NJ: Castle	1998	1
Michael Hurn	*I ching*	SBPRA	2014	1
Cecil F. RUSSELL	Book chameleon. A new version in verse of the *Yi King*	Los Angeles	1967	1
Ralph Gun Hoy SIU	The Man of many qualities. A legacy of the *I Ching*	MIT Press: Cambridge, Mass., & London	1968	1
邵乃读译；Carl Waluconis 校译	易经新注: 中英双语本	中译出版社	2017	1

John Blofeld	The *Book of Change*: a new transl. of the ancient Chinese *I Ching*（*Yi King*）with detailed instruction for its practical use in divination	London: Allen & Unwin	1970	1
Alan Ravage; Sam Reifler	*I Ching*: a new interpretation for modern times	New York: Bantam books	1981	1
Shiwei Niu	Scientific viewpoints of *Yijing*	Hong Kong: JBS Culture Publication	2005	1
Zonghua Zhou	The Tao of *I-ching*: way to divination	Rutland, Vt.: Tuttle	1984	1
Robert Batchelor	Binary as transcultural technology: Leibniz, Mathesis universalis, and the *Yijing*	New York: Palgrave Macmillan	2004	1
Daniel J. Cook; Henry Rosemont	Leibniz, Bouvet, the doctrine of ancient theology, and the *Yijing*	Stuttgart: Franz Steiner	2000	1
Nancy T. DiSimone	From the *Yijing* to Jesus: a comparative study of the aphorisms in the Yijing hexagrams and the sayings of Jesus	San Diego, Calif.: [San Diego State University	2011	1
Richard Smith	The place of the *Yijing* in the world culture: some historical and contemporary perspectives	Journal of Chinese Philosophy; vol. 25, no 4	1988	1
Canon McClatchie	A translation of the Confucian *Yijing* on the Classic of change: with notes and appendix	Taipei: Ch'eng-wen Pub.	1973	1
Aubrey Morrow Hooser	Divining a pattern: exploring commonalities in the Ifá and Yijing methods of mathematico-generative bibliomancy	M.A. Boston University	2006	1
Anna Iwona Wójcik	The image of the world in the Yijing: an attempt to identity the intellectual context proper to Chinese philosophy	Estetyka i Krytyka. 2014, nr 1, s.	2014	1

John Blofeld	I Ching: the book of change : a new translation of the ancient Chinese text with detailed instructions for its practical use in divination	London: G. Allen & Unwin	1965	1
Wai-ming Ng	The I Ching in Tokugawa medical thought	The East Asian library journal; vol. 8, no 1	1998	1
Susanna Low-Beer	The superior physician: medical practice as seen through the Yijing's Junzi	Portland, Or.: NCNM	2008	1
Rudolf Ritsema; Stephen Karcher	I Ching: the classic chinese oracle of chance: the divinatory texts with concordance	Eranos-Jahrbuch	1993-1995	1
Jung-hsi Li	Buddhist Monastic traditions of Southern Asia: a record of the inner law sent home from the south seas /þSramana Yijing ; translated from the Chinese by Li Rongxi	Berkeley, Calif.: Numata Center for Buddhist Translation and Research	2000	
Canon McClatchie	Yijing: with notes and appendix	Taipei: Ch'eng Wen Publ. Company	1973	
Will Buckingham	Storytelling the Yijing: Tales and Reflections on a Chinese Literature Machine	Taylor-Francis	2011